Fatma Nur Kaptanoğlu

ATEŞTEN ATLAMAK

Can Çağdaş

Ateşten Atlamak, Fatma Nur Kaptanoğlu

1. basım: Haziran 2021, İstanbul
Bu kitabın 1. baskısı 2000 adet yapılmıştır.

Dizi editörü: Cem Alpan
Düzelti: Burçin Gönül
Mizanpaj: Atahan Sıralar

Sanat yönetmeni: Utku Lomlu / Lom Creative (www.lom.com.tr)
Kapak tasarımı: Bilal Sarıteke / Lom Creative (www.lom.com.tr)

Baskı ve cilt: Türkmenler Matbaacılık Reklam San. ve Tic. Ltd. Şti.
Maltepe Mah. Gümüşsuyu Cad. No: 16-18
Topkapı, İstanbul
Sertifika No: 43087

ISBN 978-975-07-5133-2

CAN SANAT YAYINLARI
YAPIM VE DAĞITIM TİCARET VE SANAYİ A.Ş.
Maslak Mah. Eski Büyükdere Cad. İz Plaza, No: 9/25 Sarıyer/İstanbul
Telefon: (0212) 252 56 75 / 252 59 88 / 252 59 89 Faks: (0212) 252 72 33
canyayinlari.com
yayinevi@canyayinlari.com
Sertifika No: 43514

FATMA NUR KAPTANOĞLU

ATEŞTEN ATLAMAK

ÖYKÜ

can

FATMA NUR KAPTANOĞLU, 1993'te Marmaris'te doğdu. Eskişehir Osmangazi Üniversitesi Türk Dili ve Edebiyatı bölümünden mezun oldu. Bahçeşehir Üniversitesi'nde Kısa Film Yönetmenliği eğitimi aldı. Birçok dergide yazarlık ve editörlük yaptı. 2017'de *Kaplumbağaların Ölümü*, 2019'da *Homologlar Evi* isimli öykü kitaplarını yayımladı. *Ateşten Atlamak* yazarın üçüncü öykü kitabıdır.

Üç yıldır bitmeyen kışa.

Her ateş şiddetine göre bir uzaklık gerektirir.

Yaklaşmadan anlayamıyorsun.

Ateşten Atlamak

Üşümekten Korkmak

Ayaklarımı denize sokmuş taş topluyorum, annem duayla toplamamı söylüyor, arkamda. Ben, şarkı mırıldanıyorum, içimden. Umutlu bir şarkı. Utanmasam dışımdan söyleyeceğim. Annemden değil, insanlardan utanıyorum. Annem dua yerine şarkıyı seçtiğim için asla kızmaz.

Sular henüz ısınmamış, ayaklarım suyun içinde biraz daha kalırsa regl dönemim çok sancılı geçer. Yanımda yaşlı bir kadın var. Boyu benden oldukça kısa. Saçları incecik, sarışınlığı ile yaşlılığı birbirine karışmış, tel tel omuzlarına dökülüyor. Saç diplerini göremiyorum. Şapkası alnını sıkıştırıyor. Altmış yaşında var mıdır? Anneannemden daha zayıf, babaannemden daha genç. Gördüğüm her yaşlıyı tanıdığım yaşlılarla karşılaştırmak gibi tuhaf bir huyum var. Evet, bu kadın bizimkilerden daha dinç. Bu dinçliği neye borçlu acaba? Uzun yürüyüşlere mi yoksa düzenli yapılan egzersizlere mi? Pantolonunun paçalarını dizlerinde toparlamış, gülümseyerek taşları seçiyor. O bile üşümekten korkmuyorsa benim korkmam anlamsız. Babaannem üşümekten korkardı. Anneannem ile bu konuları hiç konuşmazdık.

Pantolonumun sağ paçası hafifçe çözülüyor, suyun içinde kaldı bile, daha fazla ıslanmaması için hızlıca çekiştiriyorum, elimi kaldırdığımda damlalar kolumdan aşağı küçülerek akıyor. Hafif bir ürperti tuzlu suyun yakıcılığıyla karışıyor, içimde bir kalabalık ayaklanıyor su damlasıyla bir, o an sahilden geçen bir grup gence takılıyor gözüm, çoğu çocuk yaşta, ellerinde kocaman pamuk şekerleri, kimilerinde dondurma. Onlar için yaz gelmiş bile, oysa havaların ısınmasına daha var. İçimdeki kalabalığın adımlarıyla gençlerin heyecanı birleşiyor, yüksek konuşmalarla, tam önümüzde, içlerinden biri bana seslenip el sallıyor coşkuyla.

Üzerime alınmak için gözlerimi kısarak bakıyorum, haftanın üç günü birlikte şehre yolculuk yaptığımız Defne bu. Defne, hafta arası her gün, kazandığı lisede eğitim alabilmek için bir saatten fazla yol gidip şehre iniyor. Ben de haftanın üç günü üniversitedeki öğrencilere ders vermek için bu yolculukta ona katılıyorum. Heyecanlarına karşılık veremesem de onlara el sallıyorum. Bütün kalabalık havaya öpücükler göndererek selamlıyor ve yanaklarıma yerleşen sıcaklık, havanın kararmaya yüz tuttuğu bir akşamüzeri saatinde iyi ki ele vermiyor beni.

Yüzümüzdeki Renklerin Binlerce Nedeni

Sonya ile utanma konusunda uzun uzun konuşmuştuk. O, bunun hiç de kötü bir özellik olmadığını düşünüyor. "Utanmak," diyor telefonda "artık insanlarda neredeyse hiç görmediğimiz bir şey, bunu hissedebildiğin için şanslısın." Karşımdaymış gibi omuzlarımı silkerek yanıt veriyorum ona, "Bana kalırsa övünülecek bir tarafı yok" diye ekliyorum, "sadece fizyolojik ve kontrolsüz bir sonuç utanmak."

"Ne kadar mantıklı düşünmeye çalışsan da," diye devam ediyor, "duygularını da görmezden gelmiyorsun, bu çok belli." Oturduğum sandalyede rahatsızca doğruluyorum, bu kadar şeffaf olmak beni geriyor, kaşımın üzerinde giderek belirginleşen ince bir damar, rengini griden yeşile bırakıyor. "Ama" diyor Sonya, "yüzümüzdeki renklerin binlerce nedeni var ve sen en insani olanına sahipsin."

Baz istasyonlarını aşan bir heyecan koşup oturuyor içime. Alnımdaki damardan bir iz kalmamış, parmak uçlarım uyuşuyor. Heyecanlandığımı hissediyor Sonya ve adeta kıkırdayarak, "Eminim," diyor, "yanakların yine pespembe olmuştur."

Hiçbir şey söyleyemiyorum. Gülümsediğimin farkında mı acaba? Farkında olacak ki, "Seni görmeye geleceğim," diyor. "Artık yüz yüze tanışma zamanı geldi."

Kalbimin atışını benim dışımda biri duyuyor mu diye etrafa bakıyorum. Elimin serinliği yüzümün sıcaklığında hafifliyor, gülümsemem kilometreleri geçiyor, kilometreler içimde bir sayaç, dönüp duruyor.

Taşları Sayalım

Elim bir taşa değdi. Yumuşak. Rengi, griden maviye virajlı bir yol. Bir yol olsam, diyorum içimden, böyle olurdum. Griden maviye çalardım. Biraz da güneş görsem, sarı sıcak çizgilerim olurdu. Orantısız çizgiler. Pürüzsüz yüzeyini yüzüme sürmek istiyorum taşın. Arkama bakıyorum, annem kendi taşlarıyla ilgileniyor, yaşlı kadın benden biraz uzaklaşmış. Kimseler görmezken yüzüme değdirsem ne olur? Azıcık gezdiriyorum yüzümde taşı. Yumuşaklığı hiçbir şeye benzemiyor, Sonya dışında. Adını içimden söylüyorum.

Sağ cebime koyuyorum taşı. Sol cebimde dileğim için topladıklarım var. Kırk tane olması gerekiyor, annemin en önemli talimatı. "Kırk tane olmazsa, dileğin kabul olmaz."

Gözlerimle sayıyorum, bir, iki, beş, sekiz, on iki. İşim daha uzun. Güneş iyice kayboluyor, son ışıkları koyu bir laciverte dönüşüyor etrafta. Ellerim, lacivertle gri karışımı gökyüzünü ve dolayısıyla denizi –deniz rengini güneşten alır, bunu sekiz yaşında öğrenmiştim– yansıtırcasına beyaz.

Şapkalı yaşlı kadın benden daha da uzaklaşmış, bir küçük nokta şimdi. Dizlerine kadar katlanmış pantolonun bir paçası düşmüş, kumları süpürüyor, onun da beyaz şapkası başlayan gecede göz alıyor. Benim ellerimden biraz daha alacalı. Taşlarını tamamlamış olmalı, elindeki poşeti taşırken zorlanıyor. Aynı yaşlarda bir arkadaşıyla sohbet halinde. Gülümsüyor. Onlara gençliklerini hatırlatan bir anıdan bahsediyorlar, muhtemelen birlikte yaşadıkları ve kim bilir, yan yana bir fotoğraflarının olduğu bir anıdan. Yaşlı kadın poşetin ağırlığıyla hafifçe sola kayıyor, elindeki poşeti ustalıkla sağ eline geçiriyor. Bu taş toplama işini kaç yıldır yapıyor acaba? Otuz? Kırk? Yanına irili ufaklı adımlarla küçük bir çocuk yaklaşıyor. Onları duyamayacak kadar uzaktayım. Minik ağzından sevimli birkaç cümle dökülüyor – bir tahmin. Yaşlı kadın gülümseyerek poşetini gösteriyor, kaldırabildiği kadar yükseğe kaldırıyor, "Bak, gördün mü hiç de ağır değil" – yine bir tahmin. Minik omuzlarını silkerek uzaklaşıyor oradan çocuk. Bir önceki halinden daha güçlü duran yaşlı kadın, bu sefer sendelemiyor, halbuki poşet onu çektikçe çekiyor, yine gülümseyerek, gülümsemeyi asla bırakmıyor, karşısındaki kadına iyi akşamlar diliyor.

Poşeti, yırtılma ihtimaline karşı altından tutarak bir köşeye götürüyor şimdi. Kimselere veremez o poşeti. Henüz serin bir ilkbahar denizinden; romatizmalarına, bel ağrılarına, yüksek tansiyonuna, doktorunun "ayaklarını üşüteyim deme sakın" tembihlerine kulak asmadan topladığı kırk taşını veremez kimselerin eline. Aksi takdirde dileği asla gerçekleşmez. Bu sene her zaman olduğundan daha umutlu.

Elimi denizin içine daldırıyorum on üçüncü taşım için. Bir dilek diliyorum.

Kırk taş için tek dilek hakkının olması büyük bir haksızlık gibi duruyor.

Eskiden, Bir Kez

Eskiden bir kez, Sonya ile bu sahilde oturmuştuk. Kışın ilk günleri. Sonya'nın omuzlarındaki annesinden kalma gri paltosu, kışla daha da ağırlaşıyor. Eski kıyafetler giymeyi sever Sonya. "Yaşanmışlığı var," der. "Canlı hissettiriyor." Elindeki fotoğraf makinesinin ışığını doğru ayarlamanın derdinde. Ayaklarını ağır botları yüzünden sürekli hareket ettirse de kumların üzerinde rahat görünüyor. Kıvrılmış dizlerinden dirsekleriyle güç alıyor, fotoğraf makinesi iki elinin içinde, doğru diyafram aralığını bulmaya çalışıyor. Bir köpek geçiyor bir fotoğraf karesinin içinden, bulanık, bir de iki küçük çocuğun dalgalı denize dokunup kaçtığı keyifli bir anı. İki fotoğraf arasındaki farkı gösteriyor, diyaframın bu denli önemli olması beni iyice afallatıyor. Yaşanmışlıkları ve buna karşın saklamayı beceremediği o çocuksu haliyle pantolonuna yapışan kumları temizliyor şimdi. Ve o an farklı gelse de sonrasında sıkça duyacağım bir ses tonuyla "Kumlar da biraz nemli mi sanki?" diye soruyor, bakışları havada kısa bir tur atıyor, üzerimize yağan çiğin kokusu burnumun ucunda. Oysa benim aklımda Sonya'nın yaşına ve bedenine hiç uymayan çocuk elleri var. Bir kadının elleri nasıl bu kadar küçük olur, hayret doğrusu.

Aklımdan geçenlerin, şaşkınlığımın farkında değil

Sonya. İyi ki de değil. Sonraları öğreneceğim bir huyu da bu Sonya'nın, görmezden gelmeyi çok iyi becermesi. O an farkında mı değil yoksa görmezden mi geliyor anlayamıyorum. Öyle ustalıkla kullanıyor ki bunu, insan şüpheye düşüyor. Bu, onun en büyük silahı.

O silahla beni

Bir.

İki.

Üç.

Sayamadığım kadar çok vuruyor.

Sonya'nın bordo pantolonunda üç çizgi halinde kum izleri. Temizlemesine yardım etsem tuhaf karşılar mı?

Big Bang

Bir çocuk çığlığı kopuyor uzaktan, kötü bir çığlık. Etinden et koparıyorlar derler ya, işte öyle. Saniyeler içinde dalga dalga büyüyerek, dalgalardan bile hızlı, yanımıza varıyor. Kumpir arabasının oradan geliyor ses. Sahildeki herkes başını o yöne çeviriyor. Ama herkesten önce ben, annem ve beyaz şapkalı yaşlı kadın.

Kör noktada bir çocuk var, sesini duysam da göremiyorum. Kumpir arabasının hemen yanında. Denizin içindeki parmaklarımın üzerinde yükselebildiğim kadar yükseliyorum. Kumpir arabası çok eski. Rengi güçlü yaz güneşi ile solmuş, paslı köşeleri bildim bileli öylece açıkta duruyor, kötü bakılmış bir aile yadigârı deseler bu araba için, şuracıkta inanacağız. İnsanın içine hem tiksinti hem de küçücük bir hüzün bırakıyor.

Kumpir arabasında bir kadın var. Çığlığı duyduğu ilk anda donup kalıyor. Kafasını çığlığın geldiği yöne doğru çevirmese de gözleri telaşlı. Bir çocuğun yaralanmasından çok, bu olayın kumpir arabasına yakın gerçekleşmesine kızgın. Şimdi polis falan kim uğraşacak, diyor içinden. "Sonra arabayı bağlasınlar tabii. Aile yadigârı bu, aile; siz ne anlarsınız. Hatırını, bereketini ne bilirsiniz. Bir çocuğun haylazlığıyla bereketi kaçacak şimdi. Polis gelecek kesin. Anası babası yok mu bu çocuğun? Ne diye gelir benim kumpir arabamın yanında durur? Üff akşam akşam başımıza iş!"

Kadın, elini kolunu nereye koyacağını bilemediği bir telaşla sesleniyor birden. Küçücük ağzından o ses nasıl çıkar herkes şaşırıyor. Belki de kimse fark etmedi o küçük ağzı, ağza oranla çıkan sesi ama ben şaşırıyorum. "Bir şey olmadı, bir şey olmadı. Sadece şakalaşıyorlar."

Kumpir arabasının arkasından bir çocuk, en az kendi kadar büyük köpeğiyle gülerek çıkıyor. İyice laciverte dönen akşamda annem, çığlıkla birlikte dudaklarına götürdüğü elini sakinleyerek indiriyor; beyaz şapkalı yaşlı kadın, henüz durumu anlayamadı, çocuğun kanlı canlı halini göremiyor, kucağında sıkı sıkı tuttuğu taşlarına iyice sarılmış, herhangi bir kötü senaryoda yardıma koşması gerekirse diye hazır, oturduğu bankta dikelmiş bekliyor –halinden yardıma koşsa bile taşlarını asla bırakmayacağı anlaşılıyor–, bense, elimdeki taşı düşürüyorum, denizden az önce çıkardığım on üçüncü taşımı. Suyun üzerinde hafif bir dalgalanma. Tok ve çabucak bir ses. Bir tam, bir yarım daire, kayboluyor.

On üçüncü taşım, sol cebime giremedi. Hava artık neredeyse karanlık. Rengi nasıldı? Benim taş halim gibi miydi? Yoksa daha mı güzeldi? Yumuşaklığı bana Sonya'yı hatırlatır mıydı? Bilmiyorum. Ondan geriye herhangi bir iz yok.

denizdenizdenizdenizdenizdenizdenizdenizdenizdenizdenizdenizdenizdeniz
denizdenizdenizdenizdenizdenizdenizdenizdenizdenizdenizdenizdenizdeniz
denizdenizdenizdenizdenizdenizdenizdenizdenizdenizdenizdenizdenizdeniz
denizdenizdenizdenizdenizdenizdenizdenizdenizdenizdenizdenizdenizdeniz

denizdenizdenizdenizdenizdenizdenizdenizdenizdenizdenizdenizdenizdenizdeniz
denizbalıkbalıkdenizbalıkdenizdenizbalıkdenizbalıkdenizbalıkbalıkbalıksürüsüdeniz
balıksürüsütaşdenizyosunlardenizyosunlartaşdenizneredeysedünyadakibütünyosunlar
deniztaşbalıkbalıkdenizbalıktaşdenizdenizbalıktaşdenizbalıkdenizbalıkbalıkbalıksürüsü
denizbalıktaşbalıkdenizbalıktaşdenizdenizbalıktaşdenizbalıkdenizbalıkbalıkbalıksürüsü
denizdenizyosunlardenizyosunlardeniznerdeysedünyadakibütünyosunlartaşdeniztaş
yosunlardenizyosunlardeniz**onüçüncütaşım**denizyosunlaryosunlardenizdenizdeniz

Çocuk, köpeğiyle geçiyor önümüzden. Halinden memnun, bu güzel akşam mahvolacak korkusu ve endişesi yarattığından bihaber, kahkahalarla koşuyor. Hafif bir rüzgâr denizin yüzeyini okşuyor, kumpir arabasındaki kadın üzerindeki telaştan kurtulmuş, sıraya giren müşterileriyle ilgileniyor, annem taşlarını toplamaya devam ediyor, nasıl da hızlı öyle, yaşlı kadın bankta yanında oturan genç bir kız ile konuşuyor, şu an olan her şey bir Hıdrellez gecesine oldukça uyuyor.

Eski Sevgiliyle Aynı Adı Taşıyan Apartlar

Sonya'nın beni ilk kez öptüğü aparta çok yakınız. Tam şurada. Kumpir arabasının arkasındaki sokağın solunda, uzun, turuncu, sahile yakın olduğu için rutubetli. Bina dört katlı. Sonya'nın eski bir sevgilisiyle aynı adı taşıyor ama Sonya bu konu hakkında kafa yormanın anlamsız olduğunu düşünüyor o zaman. Yatakta yarı çıplak uzanmış, diri memelerini sergilemekten çekinmeyen bir duruşla sigarasını yakıyor.

"Aman, kimse kim işte, hatırlamıyorum, öyle biri vardı sanırım bir ara. Muhtemelen sarhoştum çok."

Lafı çok uzatmıyorum. Sonya'nın bu özgüvenli halini izlemeye koyuluyorum, yine, büyük bir şaşkınlıkla. "Bir tablosun Sonya," demek geliyor içimden. "Çok güzel bir tablo. Sana bakmaya doyamamayı daha nasıl anlatabilirim ki. İçimde büyüyen kocaman bir yumaksın şimdi de. Seni betimlemelerim sürekli değişiyor. Dolaşıksın. Bana dolaşıksın, kendine, geçmiş hayatına, gelecek ihtimallerine. Yumağını elime alsam dikenlisin, ama gizli yerlerinde bir başkasın. Kimselere olmadığın bir başkalık bu. Bana özel. Dikenler, kendini pembe beyaz Japon kiraz çiçeklerine bırakıyor orada ve bir çiçeğin tadının ancak böyle alınabildiğini anlıyor insan."

Bunları diyemiyorum tabii, gülümseyerek Sonya'yı izliyorum onun yerine. Az önce dikenli bir dolaşıkla sevişip nasıl kan revan içinde kalmadığıma şaşırarak. Sonya küçük, eğlenceli hikâyelerini anlatmaya devam ediyor, dudakları ara ara dudaklarımda. İçimden geçip gidenlerden habersiz, içimin en derinindeki benle bir sobeleme oyunu oynuyor. Pes ediyorum.

Ah Sonya! Her şeyine nasıl da bu kadar razı olabildim? Aşkı bir daha bu denli güçlü yaşayamamak korkusu ne galip bir korkuydu içimde. Dikenli dolaşığın ile yaralanmaktan daha büyük bir korku.

Kumdaki İzler

Çocuk ve küçük köpeğiyle yaşadığımız heyecandan sonra normal ritmimize dönüyoruz sahilde. Sessizlik, ara ara duyulan birkaç insanın sohbeti ve araba frenleriyle bozulsa da hoş bir ambiyans hâkim. Dilekler için taşlar toplanıyor, üzerinden atlayabilmek için farklı büyüklükte ateşler hazırlanıyor, kumlara hayaller çiziliyor. Kumlar, denize yakın, ıslak yerlerinden seçilmeli ki dilekler rahatça çizilsin. Bir de denizin çizilen dilekleri gerçekleşmeleri için alıp götürmesi gerek. Eğer dilekler denize karışmazsa kabul olmaz. Bu nedenle kumların denizle birleştiği sırada bir sürü insan yan yana dizilmiş, en anlaşılır şekilde hayallerini çiziyor. Doğa, karmaşıklığa izin vermiyor.

Ben, dileğimi kimsenin görmemesi için taş toplama ritüelini seçtim. Tamamen bana ait olması için. İnsanların kendi dilekleri olsa da gözleri hep diğerlerinin çizdiklerine kayıyor. Birbirinin hayallerini gözetleyen bir grup insan. Tuhaf. Gerçekleşmemiş ve belki de gerçekleşmeyecek hayallerin –ama böyle dememeliyim, doğa alınır sonra, annem hep söyler, gerçekten istersen dileğin kabul olur, bunu buradaki her insan bilir– bir terazide durması. Birinin diğerinden daha büyük arzularının olması, birinin bir dileği diğerinden daha önce istemesi. Bir yarış. Sonuçta Sonya'yı onlarla paylaşamam. Sonya'yı çizmek şöyle dursun, onu anlatabilmem bile günlerimi alır. Hem ya biri, Sonya'yı en az benim kadar arzularsa? Kimin dileğinin kabul olacağı belli olmaz. Bu, alınamayacak bir risk.

Taş toplamaya devam ediyorum. Bu yirmi yedinci taşım. Annem fazla oyalandığımı söylüyor, bak o bitirmiş bile. Üşütecekmişim. Daha ateşten atlayacakmışız. Belki de kumlara bir şeyler çizermişiz. "Kumlar olmaz," diyorum, "kumlara iz bırakamam." "Sana yardım edeyim o zaman," diyor, "Olmaz anne," diyorum biraz sesli. Haddinden fazla. Hepsini ben toplamalıyım, dileğim ancak böyle kabul olur.

Annem, söylenerek uzaklaştırıyor adımlarını. Bir arkadaşına rastlıyor sahilde. Uzaktan beni gösteriyor, dudaklarında bir gülüş, yine, haddinden fazla, annemle aramızdaki her şey haddinden fazla zaten. Beni insanlara göstermeyi hep çok sevmiştir. Gösterip benim ve işlerim hakkında uzun uzun konuşmayı. Çoğunlukla beni de dahil etmeye çalışır bu konuşmalara, yine hiç düşünmeden aynısını yapıyor, eliyle çağırıyor, kocaman kocaman sallıyor kollarını, "Gel gel," diyor. "Sevda Teyzen seni görsün." Sanki tüm sahil bizi izliyor. Ufak bir gülümsemeyle karşılık veriyorum onlara, sol cebimi gösteriyorum, iyice ağırlaştı, daha toplamam gereken on üç taşım var. Kafalarını çevirip kendi aralarında konuşmaya başlıyorlar birden. Sevda Teyze bu gösterişli tanıştırmadan bayağı hoşlanmışa benziyor.

Bir Küçük Dünya

Sonya ile bu sahilde el ele yürümüşlüğümüz var, ne büyük cesaret. Adım başı tanıdığa rastlama ihtimalini görmezden gelmişiz belli ki. Sonya, bir büyükşehirden kaçıp burada nefes aldığını düşünürken ben, kendimi, kendi ellerimle buraya kilitlediğimi hissediyorum. Cennet bile olsa kapılarının kilitli olduğunu bildiği bir yer, nasıl hissettirir insana? Sessizlik can yakamaz mı? Güzellik göz acıtamaz mı? Her gün, her şeyin ancak bir büyük felaketle yer değiştirebileceğini bilmek insanı çıldırtmaz mı?

Yürüyoruz. Adımlarımız ağır. Herhangi bir acelemizin olmaması Sonya'yı sevindiriyor. Arada yanımızdan kasklı ve yağmurluklu bisikletliler geçiyor, soğuk havayı birkaç saniye daha yoğun hissediyoruz onların rüzgârıyla, sonra düzeliyor. Çürük bir havası var buranın. İnsana üstü başı hep ıslakmış gibi hissettiriyor. Böyle havalarda hasta olunur işte. Kuru soğuk hiçbir şey yapmaz ama nemli soğuk kemiklerine ince ince işler insanın. Sonya üşüyor mu diye bakıyorum, halinden memnun görünüyor. Ellerim, paltosunun cebindeki elleriyle buluşmuş, tek olmuş, bir parmak şaklatsak alev alacağız, ikimiz de, gözlerimizde parmaklarımızdan uçuşan kıvılcımlarla bezeli bir yer bulsak da sevişsek telaşı, hemen şurada bir yerde, aparttan iyice uzaklaşmışız.

Sonya etrafa bakıp yaşadığım kasabanın güzelliklerini övüyor. "Acaba," diyor, "sen gelmesen de ben mi taşınsam yanına? Burada yaşasak birlikte?" "Çıldırdın mı?" demek istiyorum Sonya'ya. "Burada nasıl yaşarız? Bak, o bakkal yıllardır orada duruyor, sahibi bile ölmedi, o işletiyor hâlâ. Şuradaki giyim mağazası dört kere el değiştirdi ama aynı tabela orada öylece duruyor, adını bile değiştirmediler. Gelen giden aynı ismi kullanıyor. Ya şu yolun kenarındaki çukura ne demeli? On yaşında gittiğimiz okul gezisinde arkadaşım takılıp düştüğünden beri bekliyor öyle. Burada yaşanmaz, burada yapamayız Sonya. Burada hiçbir şey değişmiyor, eskiyor sadece. İnsanları bile aynı buranın, her yaşında, her olayda aynı. Keki yanan insanla evi yanan insan aynı tepkiyi verir mi? Burada veriyor işte. Buradaki insanlar tabelalarını bırak, acılarını bile değiştirmiyor."

Bunlar yerine "Yaşayabilir miyiz sence?" diyorum. Sesimde küçük bir tizlik. Kavga etmek istemiyorum asla. Hem neden edelim? Tepkiyle sormuyor bunu.

Sonya, kahverengi saçlarını yeni kestirmiş, ensesinden biraz uzun, geriye itiyor çocuk elleriyle. Uzunca etrafı seyrediyor. "Burada yapamayız," diyor birden, "en iyisi senin benim yanıma gelmen."

"En iyisi bu olur," diyorum, içimde uçuşan bir rahatlama, en iyisi gerçekten de bu.

Dilek Fenerine Güvenme

Bir yolculuk dileği bu. Sonya ile uzun ve mutlu bir hayat yolculuğunun dileği. Son beş taşım kaldı. Hiçbirini dua ile toplamadım ama içimde, hadi desen kalkıp yürüyecek bir heyecan, bir o yana bir bu yana koşuyor. Bu da dua yerine geçmez mi? Sol cebimin ağırlığını daha fazla kaldıramayacağımı anladığımda sudan çıkıp bez bir çanta alıyorum taşlarım için. Şimdi omzumda sıkı sıkıya asılı hepsi.

Sahil gece ilerledikçe kalabalıklaşıyor. Ateşleri hazırlayanların yanında dilek feneri uçurmaya çalışan bir grup genç rüzgârın geldiği yönü hesaplıyor. Bu şekilde bıraksalar denize doğru mu uçar yoksa kendilerine doğru mu? Tahmini zor. Rüzgârın saçları düğümleyen karışıklığı, kararlarını sürekli değiştirmelerine neden oluyor. İçlerinden biri kumların üzerine oturmuş elindeki bira şişesini sallayarak konuşuyor. "Sadece bırakın gitsin, bir şekilde uçacak işte. Nereye doğru uçtuğunun ne önemi var?"

Eskiden dilek fenerleri yoktu, bunlar yeni âdetler. Görselliğinden etkileniyor insanlar. Bir de romantik fotoğraflara imkân veriyor. Doğrusu gökyüzünde uçuşan dilek fenerlerine bakmak hoş ama peki ya sonrası? Uçup uçup uçup, dağılınca, bir ormana ya da denize düşen kıvrılmış, paslı, eskimiş parçalar. Dilek fenerleri sadece bunlardan ibaret işte. Bu parçalar doğaya karışmayacaksa dilek dilemenin ne anlamı var?

Uzun hesaplamalar ve uğraşlar sonucu havalanan dilek feneri denize doğru uçuyor. Ama kısa bir süre sonra üst kısmı puff diye sönüyor, sanki biri taş attı da ağırlığından kendi içine yumuluverdi, büzüşen dilek feneri suyun içine kıyıya vurdu vuracak, gidip geliyor. Elinde bira şişesiyle oturan genç gülerek feneri gösteriyor arkadaşına. "Üzgünüm Kemal, dileğin kabul olmayacak. Sen gel ateşten atla en iyisi." Adının Kemal olduğunu öğrendiğim çocuk, arkadaşına ters bir bakış atıyor, öfkeli kısa adımlarla ayakkabılarının suya değmesine aldırmadan alıyor kıyıya vuran dilek fenerini. "Yırtıkmış işte, ondan uçmamış. En ufak bir yırtıkta uçmaz bunlar." Arkadaşı omuzlarını silkip birasından bir yudum daha alıyor. "Dilek tutmak falan bunların hepsi laf Kemal. Çalışırsın ve olur. Çalışmazsın, olmaz. Bu kadar basit işte. Tüm bunların hepsi palavra."

Kemal, arkadaşının sözlerine aldırmadan yeni bir dilek feneri almak için sahil yolunun karşısındaki dükkâna gitmeye koyuluyor. Dar kasaba yollarından geçen büyük bir otobüs yolunu kesiyor. Otobüsün tıslamalarından ve çıkardığı egzozdan rahatsız, kafasını yan tarafa çeviriyor. Şu otobüs geçse de dükkâna gidebilse.

Bu sefer dikkatli bir seçim yapacak Kemal. O dilek feneri, öyle ya da böyle uçacak.

Göğüs Kafesimdeki Ardıçkuşu

Sonya, yanıma her zaman otobüsle gelir. Otobüs yolculuklarını ne kadar çok sevdiğini anlata anlata bitiremez. Yol boyu düşünmeyi çok sever, bir de yollar güzelse değmeyin keyfine. "Kasabaya gelen otobüsün yolları da ayrı güzel," diyor Sonya. "Yeşilin her tonunu görüyorum gelirken." Yol boyu, uzun ağaçların ve gür ormanların arasına serpiştirilmiş, denizin başlangıcından yukarı doğru çıktıkça seyrelen evler küçük kümeler halinde. Evlerin iki parmağın arasına sığdığı bu uzaklık insana bir büyüklük yüklüyor. "Bak," diyor Sonya, "iki parmağımın arasına nasıl da sığdı hepsi."

Sonya'nın otobüsünü görüyorum uzaktan. Cuma gününden geliyor. Hafta sonunu birlikte geçireceğiz. Otobüsün yavaşlığı sinirlerimi bozuyor, ne diye bekliyor ki köşede? Avuçlarımda sert gagalı bir ardıçkuşu, bıraksam da uçup gitse diye açıyorum ellerimi, –didiklemeleri hoş bir gıdıklamayı geçti artık, avuçlarım kaşınıyor– orada kalmaya devam ediyor, içimden başına buyruk bir rüzgâr, ardıçkuşuyla birlikte döne döndüre geçip duruyor.

Yok, otobüs yerinden hâlâ kıpırdamadı. Telefonumdan mesaj atıyorum Sonya'ya. "Neden bekliyorsunuz?" Hızlıca yanıtlıyor mesajımı. "Birinin valizi kayıp, onu tartışıyorlar." Yanıt vermemi beklemeden yeni bir mesaj daha geliyor. "Uzaktasın, görüyorum seni."

Ardıçkuşu tam kalbimde şimdi. Kalbimin ortasına saniye ritminde tak tak tak gagasını vuruyor. Göğüs kafesimi avuçlamak istiyorum o anda, "yapma" demek istiyorum, "burada, yolun ortasında olmaz." Gülümsememe engel olamadan yanıt veriyorum mesajına.

"Özledim."

Çocuktaki Aşk

Taşlarımı toplamayı tamamladım. Kırk tane oldular. Denizden çıkıp ıslak ve üşümüş ayaklarımı yedek hırkamla kurutuyorum. Ayak parmaklarımın arasında kumlar birikmiş, hızlıca temizliyorum hepsini. Çoraplarımı giyip ayakkabımın bağcıklarını bağlıyorum. Bez çantamın ağzını sıkıca kapatıp sırt çantamın içine yerleştiriyorum. İşte oldu.

Eve gittiğimde bu taşları yatağımın yakınlarındaki bir rafa kaldıracağım, hiç güneş göremeyecek, tam bir yıl boyunca orada duracak. Bir yılın sonunda dileğim eğer gerçekleşirse bir sonraki Hıdrellez gecesinde bu taşları denize geri bırakacağım. Doğayla aramızda bir anlaşma.

Annem uzaktan beni izliyor, gözlerinde sonunda bitirebildin bakışı. Elindeki taşları heyecanla sallıyor, yine, "Gel gel yanımıza gel, bakalım hatırlayabilecek misin Aybüke'yi?" Ağır adımlarla yürüyorum, spor ayakkabımın tabanlarına giren kumlar ve küçük taşlar ayağıma batıyor, Aybüke de kim acaba, ismi hiç tanıdık değil. Annemin her zamanki işleri. Lise arkadaşının kızlarından biridir diye düşünüyorum, başka bir yere taşınmışlardır kesin, arada gelip gidiyorlardır buraya, denk gelmişlerdir. Kız ya mezun olamamıştır üniversiteden ya da işleri yolunda gitmiyordur, annem beni böbürlenerek anlatacaktır herkesin içinde, ben orada yokmuşum da gıyabımda konuşur gibi, gözlerimin içine bakarak ama sıkılganlığımı görmezden gelerek.

Aybüke'yi görür görmez tanıyorum. O da beni tanıyor. Aramızda bir derin çukur, ikimizden biri bir adım atsa düşeceğimizden eminiz, sabit bir şekilde duruyoruz. "Aa," diyor Aybüke, sesinde çocuksu bir bayağılık, "tabii hatırlıyorum, küçükken ne çok oynardık." Gülümseyerek onaylıyorum onu, gözlerim Aybüke'nin uzun sarı saçlarında. Küçükken de böyle güzeldi saçları. Beline kadar gelirdi, benim kıvırcık kâküllü saçlarımın üzerine atar, sarışınlığın bana yakışıp yakışmadığını tartışırdık aynada. Birden öpüvermişti Aybüke beni dudağımdan, "Çok güzelsin," demişti, "sana her saç yakışır." Ben altı yaşındaydım, Aybüke yedi. Okumayı yeni söküyordu, ilk önce ikimizin adını yazmayı öğrenmişti. Ne akıllıydı Aybüke benim için.

"Biliyor musun Aybüke nişanlanmış, yaza düğünleri varmış İzmir'de," diyor annem. Devam ediyor ardından, sesinde bir burnu büyüklük, "Bizimkinin hiç evleneceği yok, varsa yoksa kariyer, ne yapalım kabul ettik artık, umudum benim diğer kızda." Aybüke gözlerime bakmıyor, baksa, ona çok şey anlatacağım ama kafasını kumlara eğmiş, ayakkabısıyla bazı şekiller çiziyor. "Kaybolmuşsun," demek istiyorum Aybüke'ye, "emin misin?" Onun yerine "Mutluluklar dilerim," diyorum sadece, sesimde bir hayat belirtisi yok.

Aybüke yarım ağız teşekkür ediyor. Zihninde bizim çocuk hallerimiz biraz ileride çocuklar için hazırlanmış küçük ateşten el ele atlıyor, saçlarını yukarıdan toplamasını söylüyorum Aybüke'ye, neme lazım, tutuşmasın, o da usulca sözümü dinliyor.

"Hadi," diyorum yanımdakilere birden. Aybüke kaybolan bakışlarını bana çeviriyor. "Ateşten atlayalım, hem biraz ısınırız, denizden taş toplarken çok üşüdüm." Herkes başıyla onaylıyor, Aybüke'nin gözlerinde bir küçük kıvılcım, bir görünüp, kayboluyor.

Bizdeki Aşk

Sonya, sevgililerimin az oluşuyla her zaman eğlenir. Kahkahalarla güler, "Nasıl yani, hiç mi? Bu yaşına kadar hiç mi âşık olmadın? Lisede bile mi? Kaç kişiyle öpüştün? Sadece üç mü? Vallahi pes." Umursamadan gözlerimi devirip âşık olmanın benim için kolay olmadığını söylüyorum ona, öylesine yaşamaktan hoşlanmadığımı da ekliyorum, benim için derin anlamları olması gerek.

Sonya anlayışla başını sallıyor, gözlerinde minik bir muziplik, "Ben derin anlamlar yaratıyorum o zaman," diyor, "el ele yürürken bile kalp atışlarını duyabiliyorum, sevişirkenki hallerinden bahsetmiyorum bile." Ne diyeceğimi bilmeden kızaran yanaklarımla yere bakıyorum, ah Sonya beni hep köşelere sıkıştırıyor. Gülerek devam ediyor, "Hadi ama kızarıp bozarmayı bırak, biz sevgiliyiz." Hızlıca dudağımdan bir öpücük alıyor, "Bu hallerin o kadar tatlı ki."

Sonya ile eski evlerin arasından geçiyoruz, el ele. Burada cesaretli olmamızın övülecek bir yanı yok çünkü kış aylarında kimse buralara gelmez. Geç saatlerde birkaç sarhoş evsiz ve okuldan kaçan liseli sevgililer dışında. Bu sokağı her zaman çok sevmişimdir. Zamanda yolculuk gerçek olsa, tam burada gerçekleşebilir diye düşünürüm.

Şimdi el ele yürüdüğümüz ve kendimi bir saatliğine bile olsa özgür hissedebildiğim bu yerde zamanda yolculuk mümkün olsa, yaşayacağımız iyi kötü ne varsa razı, Sonya ile birlikte, onsuz asla olmaz, geleceğe gitsek, ne güzel olur. Sonya ile kendi evimizde kahvelerimizi içip gülerek ilk günlerimizi konuşsak, kimse bize dokunamasa, geçmişteki hayaletler şimdimize musallat olmasa, gelecek keşke bu kadar hesaplanmış ve başka bir sonuç doğurmayacak tek bir olasılıktan oluşsa. Mümkün mü?

Sonya'ya bakıyorum, ben geleceğe gitme planları yaparken o, binaların tarihi hakkında sorular soruyor. Ne garip. Ben geleceğe, o geçmişe dalmış; sadece şimdimizi paylaşabildiğimiz iki dönen topacız. Enerjimiz birbirinden apayrı. O kadar yüksek ki bu enerjiler, birbirimizi iteceğimiz korkusuyla kendimi rahat bırakmıyorum. Birimiz bunu yapmalı, en azından farkında olan biri. Bizi aynı çizgide tutan tek şey, aşk. Aşk bitince ne olacak Sonya? Topaçlarımız duracak mı? Yoksa enerjimize büyük hayal kırıklıkları da ekleyerek iki farklı noktaya mı fırlayacağız? Ne olacak? Aşk, biter mi?

Sonya, parmağıyla işaret ederek "Bak," diyor, "şu tepedeki evin yanına da çıkalım, çok enteresan görünüyor, acaba kaç yıldır orada?"

"Hadi," diyorum beni ellerimden tutup sürüklemesine izin vererek. "Hadi çıkalım."

Ateşte İp Cambazı

Ateşin etrafında iki yuvarlak sıra halinde insanlar dizilmiş. Biz, en büyük ateşin önündeyiz. Rahatça koşup hız alınması için yuvarlağın başında ve sonunda boşluklar var. Bu kadar büyük bir ateşten nasıl atlanır, şaşkınlıkla izliyorum. Siyah çizgili taytı ve çıplak ayaklarıyla atletik bir kızda sıra şimdi. Saçlarını sıkıca tepeden toplamış, serin geceye rağmen üzerindeki fermuarlı kazağı çıkarıp spor atletiyle kalıyor. Çevredeki herkes birbirine anlamlı bakışlar atarak içinden kızın biçimli ve atletik vücudu hakkında yorumlarda bulunuyor. Sadece bir grup genç, kız kazağını çıkardığında kahkahalarını artırıyor. "Ne ayıp," diyor annem, sadece benim duyacağım şekilde, "Bu gençler de iyice çığırından çıktı. Ne var kız atletiyle kalmış yani. Maşallah ne güzel de kız." O an ateş çemberindeki herkes o kızı ya arzuluyor ya da kıskanıyor. Aybüke'nin ufak bir bakışını yakalıyorum yüzümde. Bir şeyler arıyor gibi bir hali var. Ona istediğini vermeye karar veriyorum, sessizce dudaklarımı oynatıyorum Aybüke'ye doğru, "Çok güzel bir kız." O da gülümseyerek yanıt veriyor bana aynı sessizlikle, "Katılıyorum."

Aybüke ile kızın atlayışına odaklanıyoruz. Kız, uzaklaşarak koşma pozisyonunu alıyor. Ateş olabildiğine harlı. Bir kere değil üç kere atlaması gerektiğini biliyor mu acaba, diye düşünmeden edemiyorum, Hıdrellez'de ateşten üç kere atlanır. Kız, çıplak ayakları ve atletik vücuduyla koşarak ateşin üzerinde süzülüyor ve başarıyla tamamlıyor atlayışını. Ateş, hiçbir yerine değmedi. Aynı atlayışı iki kere daha tekrarlıyor şimdi ve vücudu herhangi bir dengesizlik yaşamadan kumların üzerinde dimdik bir şekilde duruyor. İnsanlar, şaşkınlık ve hayranlıkla alkışlıyorlar, kız, hafif ve mağrur bir gülümseme ile başıyla selamlıyor herkesi ve aynı genç grup, ıslık çalmaya başlıyor.

Bu gösteriden sonra annem dönüp "Hadi biz de atlayalım," diyor, "baksana sıra uzuyor." Ateşin büyüklüğünden gözlerimi alamayarak bu kadar büyük bir ateşten atlarsam dileğime odaklanamayacağımı söylüyorum.

"Bak bu ateş çok büyük. Nasıl atlayacağımı düşünürken dileğimi unuturum kesin. En iyisi biz şu küçük olandan atlayalım."

Annem yorgun bacaklarını ve doğuştan yamuk omuriliğini düşünerek onaylıyor beni.

"Doğru söylüyorsun."

Yataktaki Sirk

Sonya daha önce hiç sirke gitmemiş. Bunu duyduğumda şaşırıyorum. O kadar büyük bir şehirde yaşayıp sirke gitmeden çocukluğunu nasıl geçirir insan? Ben bile bir kere gittim sirke. Kasabaya gelmişti. Büyük bir heyecanla götürmüşlerdi beni. "Çok seveceksin," demişlerdi, "unutamayacaksın hiç." Sirkteki kadın ve erkek akrobatların gösterileri çok güzeldi ama hayvanların rol aldıkları içimi dağlamıştı. Bir ayı vardı, boynunda çiçekli bir boyunluk, boyunluğun ucunda uzun ince bir ip, eğitmeni her yanlış yaptığı harekette çekiştiriyor hayvanı. Altında yuvarlak bir top olan tahtanın üzerinde zıplıyor, diğer ucundaki topun yukarı fırlamasını sağlıyor. Hareketleri ağır ve hantal. Hiç mutlu görünmüyor. Gösterisi bitince onun yerine bir köpek çıkıyor sahneye. Köpek, eğitmenin komutlarıyla farklı boyutlardaki halkaların içinden geçiyor, başarıyla hopluyor, zıplıyor. Büyük bir alkış kopuyor gösteri bitiminde. "Gördün mü hayvanı," diyor babam bana dönüp, çarpık dişleri gözümün koyuluğunda bir büyüyüp bir küçülüyor, "ne çevik, yay gibi yay. Öbürü tam ayıydı ama, boşuna demiyorlar. Hayvanın da akıllı olanı var işte."

Ayıya öyle acıyorum ki, babamın dişlerini kalbimin tam ortasında hissediyorum ya da ayının dişlerini, ne fark eder? Babama, alkışlayanlara, tüm bu olan bitene duyduğum öfke saç diplerimden ayak uçlarıma kadar ele geçiriyor beni. "Üzerine atlasın da görürsün o zaman ayıyı," diyorum, ama içimden, babama dışımdan bir şey söyleyemiyorum.

Yarı çıplak uzandığımız yatakta saçlarıyla oynuyorum Sonya'nın. "Boş ver," diyorum, "sirk zaten öyle de ahım şahım bir şey değil. Ben hiç sevmemiştim." "Çok da ilgimi çekmemişti zaten," diyor, dudaklarını dudaklarıma yakınlaştırarak, "yoksa kesin giderdim." Havada yakalıyorum dudaklarını Sonya'nın. Bedeninin sıcaklığı aramızdaki ince çarşaftan bile hissediliyor. Ben kolay üşürüm ama Sonya'yla hiç üşümüyorum. Memeleri, benimkilerin ucuna bir değip bir değmiyor, vücudumdaki parmak izleri, uzun ince bir yolu takip ediyor, ritmi her zaman olması gerektiği gibi, "Sonya," diyorum sessizce, nefesimde bir ateş topu içime içime yuvarlanıyor, "hiç bitmesin istiyorum."

Ateşten Atlamak

Makul bir ateşin önündeyiz şimdi annemle. Aybüke ve annesi ateşten atlamaya hevesli değil, diğer ateşin etrafında kalmayı tercih ediyor, onlar ateşten atlamayacak. Beyaz şapkalı yaşlı kadını arıyor gözlerim. Şapkasını çıkardığı için bulmakta zorlanıyorum onu. Ama orada, bıraktığım yerde duruyor, sahilin köşesindeki bankta, göğsüne topladığı taşları sıkıştırmış, havanın serinliği sırtını iyiden iyiye kamburlaştırıyor, ayakları kendinden iki adım uzak, ateşten atlayanları izliyor gıptayla. Gözlerindeki "Ah, gençliğim olacaktı da görecektiniz beni. En yüksek ateşten atlardım, en büyük olanlardan" bakışı, beni aramızdaki mesafeye rağmen yakalıyor.

Annem kot ceketini ve çantasını elime tutuşturuyor. Atlamak için ayakkabılarını çıkarmaya ihtiyaç yok, nasılsa ateşimiz küçük. Hızlı üç adımla tamamlıyor atlamasını, sonra kendi hareketini taklit ediyor, iki ve üç. Ay, diyor, yanaklarının kırmızılığı ateşin yüzüne vuran ışığından mı yoksa heyecanından mı bilinmez, "Öyle güzel ki, belki gitmeden bir kere daha atlarım."

Küçük bir çocuk eliyle önümüzdeki ateşi işaret ederek ablasına, "Ablacığım ben bundan atlamak istiyorum," diyor, "diğeri çok küçük, bebekler için." "İstersen tek başına atlama, birlikte atlayalım," diyor benim yaşlarımdaki ablası, "hem ikimizin dileği aynı anda kabul olur." Bu fikre çok seviniyor çocuk, ablasının kucağındaki yerini alıyor hemen, "Hadi," diyor, "şimdi şimdi." Ablası utanarak beni gösteriyor, "Bak, sıra şu an bu hanımefendinin." Keyifle sıramı onlara verebileceğimi söylüyorum, çocuğun kahverengi gözleri daha da büyüyor, "Çok teşekkür ederim hanımefendi," diyor çocuk, "sizin de mutluluğunuz için bir dilek dileyeceğim."

Küçükken bir sürü dileğim olurdu benim de. Sahile inmek istemediğimiz Hıdrellezlerde küçük arka bahçemizde ateşler yakardık. Korktuğum için en küçük ateşi benim için yakarlardı. Sonra da dedem ve anneannem iki elimden tutar, beni ateşin üzerinden hoop diye atlatır, üzerine cesaretim için methiyeler düzerlerdi ama ne dilek dilediğimi sorduklarında cevap veremez o ânın heyecanı ve şaşkınlığıyla tüm dileklerimi unuttuğumu fark ederdim.

Şimdiki dileğimi unutmam mümkün değil. Sırt çantamı anneme uzatıyorum, annem iki eliyle sapından kavrayıp sıkıca tutuyor. "Amma da ağır," diyor alırken, "Kaç tane taş var bunun içinde?" Gözlerimi ateşe dikip derin bir nefes alıyorum, az önce benim için de dilek dileyen çocuk iri kahverengi gözleriyle beni izliyor, yanındaki ablası telefonuna gömülmüş bile, belki oyun oynuyor, belki mesajlaşıyor. Gözlerim Aybüke'yi arıyor, evine dönmüş olmalı, diğer ateş çemberi içinde göremiyorum onu. Annem, "Dileğini unutma," diyor yüksek sesle, halbuki yanındayım, bu kadar bağırmasına ne gerek var?

İlk atlayışımı çok koşmadan ve paniklemeden tamamlıyorum, çevremdeki insanların dikkati denize doğru uçan dilek fenerlerine kaymış. Gözlerim Kemal'i arıyor. Dilek fenerini uçurabildi mi acaba? Karanlığın içinde seçiyorum onu, umutsuzca yere çökmüş ve bir şeyleri düzeltmeye çalışıyor. Fıstık yeşili dilek fenerinin ucu, bacaklarının arkasından bir görünüp bir kayboluyor. Pes ediyor en sonunda Kemal, elindeki parçalanmış dilek fenerini hırsla yere bırakıp, denk getiremediği bir tekme atıyor, tekmesi havada sallanıyor. Yanındaki arkadaşı, bira şişesinden boş kalan eliyle Kemal'in sırtını sıvazlıyor. Şimdi Kemal de öfkesiyle dalga geçmeye karar vermiş ki arkadaşıyla gülüyorlar uzun uzun. Ve arkalarında birbirlerine sarıldıkları bir görüntü bırakarak, iki küçük noktaya dönüşene kadar yürüyorlar.

İkinci atlayışımı biraz daha zor tamamlıyorum. Ayakkabımın içine giren kumlar rahatsız ediyor beni. Tek ayağımın üzerinde sekerek ayakkabıma dolan kumları temizliyorum. Annem gökyüzünde yıldızların yerini alan dilek fenerlerinin büyüsüne kapılmış, benden tarafa hiç bakmıyor. Sonya olsa yanımda çok gülerdi bu halime. "İlahi," derdi "nelere inanıyorsun öyle? Böyle huyların olduğunu hiç bilmezdim."

Sonya çok haklı, bunların hiçbiri benim yapacağım şeyler değil, ne ateşten atlamak ne denizden taş toplamak ne de kumlara dilekler çizmek. Ama sürekli kendini tekrar eden bir yerde yaşamak böyle bir şey işte. İmkânların kısıtlı. Elden gelen sadece beklemek ve zamanı kollamak. Mağaralara çizimler yapan ilk insanlar gibi tüm arzular, öfkeler, keşkeler doğaya sunulur burada, bazen de sunmakla kalmayıp ondan çalınır –az önce kırk taş çalmadım mı?– bir de üzerine denir ki, "Dileğim kabul olmazsa eğer sana bu taşları geri vermeyeceğim." Lütfumuz haddimizden büyüktür, verebildiklerimizse arzuların çekirdeğini bile doldurmaz.

Sıra üçüncü ve son atlayışımda. Derin bir nefes alıp ilk adımımı atıyorum ateşe doğru. Bu kez biraz daha yükseğe zıplıyorum, ateşin değip geçen sıcaklığı siyah pantolonumun bileklerimi açıkta bırakan kısalığından sızıyor vücuduma. Atlayışımı tamamlamadan evvel bir ses duyuyorum çat diye. Ayaklarım kumla tekrar buluştuğunda "Bir şey mi düşürdüm?" diye soruyorum anneme. Ellerini iki yana açıyor annem, yüzünde abartılı bir merak ifadesiyle. Ceplerimi kontrol ediyorum hızla. Yüzümde gezdirdiğim ve desenine hayran olduğum taşı yokluyorum, sağ cebime koymuştum ama yerinde yok. Belki cebimin derinliklerine kaçmıştır diye iyice kontrol ediyorum ceketin orasını burasını, ama boşuna. Taşım, şiddetle yanan küçük ateşin tam kalbine düşmüş, üzerindeki sarı sıcak çizgiler koyu kahverengiye dönüyor olmalı. Sıcaklığı her zamankinden daha çok.

Yüzüme tutuk bir gülümseme yerleşiyor. Sonya'yı hatırlamak için herhangi bir şeye ihtiyacım var mı? O, yanımda olmadığı her günün boşluğuyla, kendini bana sürekli hatırlatıyor, içimdeki büyük, yankılı uçurumlardan, tekrar tekrar yuvarlıyor beni.

Eve Dönüşte Sonya

Sırt çantam gerçekten de ağır. Gecenin ayazı sırtıma yerleşiyor, denize girmeye başlayanlara ödül vermek gerek, hava hâlâ çok soğuk. Artık üşüdüğümü söylüyorum anneme, "Gidelim mi?" Annem birkaç arkadaşıyla vedalaşıyor, gözleri Aybüke ve annesini arıyor hızlıca. "Çoktan gitti onlar," diyorum, "Aa," diyor, "fark etmemişim."

Arabaya doğru hızlı ve tok adımlarla ilerliyoruz, ben üşüdüğüm için hızlı yürüyorum, annemse gecenin geç saatlerinde dışarıda yürümekten hoşlanmadığı için. Sahile son bir kez bakıyorum; gökyüzünde dilek fenerleri kalmamış, ateşlerinse artık hiçbiri harlı değil, en büyük olanı ha söndü ha sönecek, havaya tek tük kıvılcımlar bırakıyor, geriye kalan birkaç kişi, sanırım sarhoş, ateşlerin üzerinden atlayarak şarkılar söylüyor, dalgalar dileklerin çoğunu alıp götürmüş bile, insanların geride bırakmadan duramadıkları birkaç plastik çöp ve yenmemiş yarım kumpir kabuğu nadir geçen araba farlarında kendini gösteriyor. Denizin dalgaları tan zamanı sakinliğine geçmiş, hafif titreşimlerle yakamozlarını sahile vuruyor.

"Dileklerimiz kabul olsa bari," diyor annem arabanın kapısını açarken. "Ayrıca bu sene sen de pek istekliydin." Yanıt vermeden arabaya biniyorum, uzun konuşmalar yaratmaya hiç mecalim yok. Arabanın kapısını kapatıp emniyet kemerini takıyorum, sırt çantam kucağımda, taşlarımın ağırlığını kaburgalarıma bastırarak hissediyorum.

Şu an her şey başka türlü olabilirdi. Sonya karşımıza çıkıp eliyle işaret edebilirdi mesela. "Nerede kaldınız, saatlerdir sizi bekliyorum," derdi arabaya binerken ve saçlarına sinen soğuk nem kokusunu arabaya bindiği ilk anda alırdık ama yadırgamazdık çünkü saçlarımız burada hep böyle kokar. Annem "Seninki ritüelleri uzattı," derdi. Sonya ise uzanıp bir makas alırdı benden, yüzünde her zamanki muzip gülüşü, ellerinin ellerime kavuşması an meselesi.

Yolda parlayan iki nokta ile düşüncelerimden uyanıyorum. "Kediye dikkat!" diye bağırıyorum bir anda anneme, "Gördüm, merak etme," diyor annem ve neredeyse durarak iki küçük kedinin geçmesine izin veriyor. Kediler, şaşkın ve parıldayan gözleriyle geçip gidene kadar izliyor bizi, küçük olan diğerine minik bir pati atıyor, aralarında tatlı bir kavga başlıyor, biz de duraklamanın ardından yeniden hızlanıyoruz.

Cama yasladığım başımı, yolun ortasındaki bir tümsekle hafifçe vuruyorum. Canım yanmıyor, kafamı düz çevirip geriye yatırıyorum, derin bir nefes alıyorum, kucağımda kırk dilek taşım, sımsıkı, ellerim serin havanın etkisiyle büzüşmüş, olduğundan daha ince ve uzun görünüyor.

"Bilmiyorum sanma, ben aptal bir kadın değilim," diyor birden annem, gözlerini yoldan ayırmadan konuşuyor benimle. "Sadece sabırlı olmanı diliyorum senden ve bunu yaparken de hayattan keyif almaya devam etmeni. Her şey bir şekilde yoluna girer."

Annem böyledir işte. Üzerine konuşmak istemediği konularda sonuna kadar bilmezden gelir, kuşkular içinde bırakır seni, konuşmaya başladığında da öngörülemez bir şekilde açar kucağını sana. Yine aynısını yapıyor. Aylardır içimde büyüyen hüznün tüm çabalarıma rağmen görüldüğünü ama bunu şimdi konuşmak istediğini hissettiriyor. İstemediğim bir öfke büyüyor içimde, beni bu kadar beklettiği ve kaygılar içinde bıraktığı için kızgınlığım, kırgınlığıma denk düşüyor. Daha kolay olabilirmiş demek ki her şey. Tüm o yollar ve bekleyişler, anlaşılamamanın verdiği ağırlık, bir tutkunun mesafelere rağmen içinde büyüyen ateşi ve bu ateşin sıradan bir hayat içinde sürekli sana sıradan olmadığını hissettiren şiddeti, olasılıklar, şarkılar, tekrar tekrar okunan kitaplar, hepsi ama hepsi daha kolay yaşanabilirmiş pekâlâ. Anneme bakıyorum, tüm dikkatini yola vermiş, hız sınırının bir birim bile üzerine çıkmadan arabayı sürmeye devam ediyor.

Şimdi ben de yolu izliyorum. Dar sokaklardaki belli aralıklarla konmuş hız kesici tümsekleri aşıyoruz değişmez bir ritimle. Arada sallanıyor, kafamı tekrar vurmamak için camın üzerindeki tutamaçtan destek alıyorum. Sonra nihayet yol genişliyor, tümsekler yolun genişliği ile etkisini kaybediyor, camın aralığından içeri dolan taze çam kokusu tüm arabayı kaplıyor. İnce bir ürperti sırtımızı yokluyor, annem soğuktan ya da kemik yaşından –bu konuda tahmin etmek zor– şoför koltuğunda daha dik bir duruşa geçiyor, gözleri hep yolda.

Annemin sözleri zihnimde tekrar tekrar dönüyor, yanıt vermemi beklemiyor ama yine de bir şeyler söylemem gerek. "Ne güzel bir akşamdı," diyorum, "iyi ki yağmurlu değildi geçen seneki gibi." Sonra hiç hesaplamadan annemin direksiyondaki elini tutuveriyorum. Ellerinin soğukluğu, benim soğukluğumu solluyor, o anda annem kırmızı bir Renault'yu solluyor, "Teşekkürler," diyorum, "Teşekkürler anne."

Şimdi son düzlükteyiz. Yol boyu uzunlu kısalı küçük çalılar takip ediyor bizi, bu çalıların arasında çoğunu tanıdığımız ama kimilerini de artık tanımaya vaktimizin olmadığı insanlar oturuyor. Bu sokakta oturan kişilere komşumuz diyemeyiz çünkü burada birine komşu diyebilmek için bahçesinde en az iki kez oturmak gerekir, onlarsa sadece yakında oturanlar. Evlerimizin arasındaki görünmez bahçeleri ve beş yüzer adımları geride bırakarak kendi mahallemize geliyoruz. Annem, boş yeri görür görmez hızlıca park ediyor arabayı, evin hemen önüne. Bu kez ipi biz göğüsledik, komşular değil. Önce ben çıkıyorum. Arka koltuktan çantasını almak için eğiliyor annem, ben de onu bekliyorum, açıktaki ayak bileklerimden ve kapüşonlu ceketimin aralığından soğuğu hissediyorum, minik bir ürpertiyle dizlerimi birbirine değdiriyorum, annem keşke biraz acele etse. "Ne güzel park ettik ama değil mi?" diyor eve girerken, "erkekler halt etsin."

Gecenin karanlığında gülümsediğimi görünce hemen karşılık veriyor. Ayakkabılarımı çıkarıp eve giriyorum, çorabıma yapışan kum taneleri beni mutfağa kadar takip ediyor. "Kahve yapıyorum," diyorum anneme, "ister misin?" "Harika olur," diye yanıtlıyor üzerini değiştirirken, sesi biraz uzak.

Kahvemiz *french-press*'in içinde bekliyor. Ocağın çakmağına basıyorum, üç kere çıtlıyor. Yanmıyor. Bir kez daha basıyorum. Olmuyor, yanmak için en az üç kereye ihtiyacım var. Bir kez daha deniyorum. Bir kez daha. Bir kez daha.

Bir.

İki.

Üç.

Ateş, kırmızıdan maviye dönen sıcaklığıyla bileğimin hemen üzerinde, yavaş yavaş büyüyor.

Daha Uygun Bir Kader

Brahms, 3. Senfoni'ye teşekkürler.

"Pişmanlık ruhun yeraltındaki karanlık boyutlarına, suçun karanlık dehlizlerine inmeli, yokuş aşağı bu inişte karanlığın ve gizli varoluşun yeni bir farkındalığına varmalıdır. Dolayısıyla eğer biri derse ki, hiçbir suçumun farkında değilim, dolayısıyla pişman olacak hiçbir şeyim yok, bu kişi ya bir tanrıdır ya da bir hayvan.

Eğer bu kişi bir insan ise suçun doğasına dair henüz hiçbir şeyi kavrayamamıştır."

Max Scheler - Pişmanlık ve Yeniden Doğuş

Birinci Gün

Abaven[1], üzerine kahverengi kareli örtü serilmiş koltuktan uçuşan rüzgârı izliyor. Soğuk bir aralık ayı. Pencerenin hemen önündeki koltuk, Abaven'in bu evde tahammül edebildiği tek şey. Ayaklarını kareli örtünün içine sokmak konusunda kararsız çünkü babasının tek bir imalı sözü onu dışarıda uzun bir yürüyüşe sürükleyecek. Abaven'in babası, uzun şamdanlı yemek masasının arkasındaki kitap okuma köşesine oturmuş, bir yandan soğumuş kahvesini içiyor bir yandan sürükleyiciliğini öve öve bitiremediği kitabını okuyor. Babasının günlerdir aynı kahveyi içtiğine yemin edebilir Abaven. Kahveyi hiç sevmez çünkü. Tamamen ortama uyum sağlamak için içiyormuş gibi yapıyor. Yıllardır aynı. Ne Abaven ne de annesi ele veriyor onu. Babası, kapı açıldığı anda gelenleri karşılayan geniş holde, bordoya çalan kahverengi büyük vitrin ve aynalı şifonyerin arasında, ara ara içtiği purosu –onu gerçekten de içiyor– üzeri tortulaşmış kahvesi ve burun deliklerini sıkıştıran küçük, yuvarlak gözlüğü ile, en son ne zaman gerçek ve önemli bir konu üzerine konuştular bilinmez, öylece oturuyor. Abaven,

1. (Erm.) Güvenilir, sağlam bir yer; sığınak.

babasının kahvesinden bir yudum alırmış gibi çıkardığı höpürtüyü duyuyor, duman yerine bir kandırmaca kahvenin üzerinden kıvrılarak havaya karışıyor.

Annesi mutfakta. Muhtemelen boyunun yetişmediği yüksek dolaplardan bir tencere almak için basamaklara çıkmış, ayak parmaklarının üzerinde yükseliyor. Bir şangırtıyla irkiliyor Abaven, annesinin "İyiyim iyiyim bir şey yok," diyen sesi yükseliyor ardından. Şimdi kalkıp annesine yardım etse Abaven –ki babası evde olmadığında bunu sık sık yapar– babasının "kız gibi olma" laflarıyla boğuşacak. Babasının en büyük korkusu Abaven'in kız gibi davranması. Abaven, otuz yaşına kadar bu adamla büyük bir kavga yaşamadan gelebilmesine her geçen gün daha da şaşkın, ayaklarını emaneten uzattığı koltukta doğruluyor. İçeriden bir höpürtü sesi daha geliyor, Abaven'in aklında babasının kahve fincanını suratının tam ortasına çarpmak fikri bir yanıp bir sönüyor. Tüm bunlar yerine ayağa kalkıyor ve koyu lacivert pardösüsünü geçiriyor üzerine. "Ben," diyor, "biraz yürüyeceğim. Bir şey istiyor musunuz?" Babası kafasını kaldırmadan kapıya doğru elini "yok" anlamında kaldırıyor. Annesi sadece geç kalmamasını söylüyor, akşama pırasalı börek yapacakmış, en sevdiği. Abaven, kapının sıkıca kapandığından emin, derin bir nefes alarak bahçeye atıyor kendini.

Burada hiç ses yok. Arada yükselen ve aniden kesilen köpek havlamaları hariç. Yaklaşık altı yüz elli metre ötedeki komşu evi gözlüyor, evin önünde eski model bir Doblo durmuş, kornasına bir-iki kere uzunca basılıyor. Aile ziyareti, diye geçiriyor içinden Abaven, herkes tatilde ailesini ziyaret ediyor.

İki yanı kısa yeşilliklerle dolu hafif yokuş bir dağ yolunda yürüyor şimdi. Havanın temizliği ciğerlerinde yankılanıyor, nefes almak için ağzını her açtığında serin rüzgârlar doluyor içine. Havanın kara çevirmesi an meselesi. Boynuna atkısını almadığı için kendine kızarak, kahverengi botlarıyla yolun çamur olmayan yerlerine basmaya özen göstererek yürüyor Abaven. Hızlı bir yürüyüş değil bu. Sessiz, sakin, kendi içinde dolanan bir yürüyüş. Saatlerin uzadığı bu küçük kasabada, zamanı çabucak tüketmek için iyi bir yöntem.

Abaven, üniversiteyi hâlâ bitirememenin gerginliğini evde her geçen gün daha fazla hissediyor. Babasının sığlığı, annesinin sözüm ona aldırışsız tavırları ve Abaven'in bundan on sekiz yıl önce ölen küçük kız kardeşinin yokluğu, kıvrılıp giden ama hiçbir yere varamayan zorlu bir yol. Bu yolu her aşmaya çalıştığında kendi çelmelerine takılıyor Abaven. "Ne gerek var?" diyor, "Tüm bunlara ne gerek var?" Şehirde tek başına yaşadığı sıradan ama tasasız hayat Abaven'in beklentilerini yeterince karşılıyor. Arada kız arkadaşları oluyor ama hiçbiriyle ciddi bir şey yaşamadı. Liseden beri görüştüğü üç yakın arkadaşı, ara sıra hayatına giren sevgilileri ve on küsur yıldır bitiremediği üniversitesiyle lacivert ceketi kadar sürprizsiz bir hayat Abaven'inki. Klasik kesim. Omuzları hafif vatkalı. Kolları standart M beden olmasına karşın Abaven için biraz uzun, bilekleri ile parmakları arasında bir yerde bitiyor. Ceketin iki küçük yalancı cebi de Abaven'in hayatının talihsiz bir özeti.

Alnına düşen üç tutam kıvırcık saçını geriye itiyor. Yine ceplerini çekiştiriyor, ne olurdu gerçek cepleri olsaydı şu ceketin? Ağır ağır yürümesine karşın ellerini hızlıca birbirine ovuşturarak adımlarındaki aylaklığı azaltıyor. Ceketi alırken ceplerine hiç bakmamış, bakmayı akıl etmemişti. Mağazada çalışan kızın "Bu renk size çok yakıştı" iltifatı yeterli olmuştu Abaven'e. Gelgelelim iki hafta sonra, havalar iyice soğuyup kışlıklarını giymeye başladığında fark etmişti ceplerin yalancılığını. Rengi çok yakışmıştı ama, ne olursa olsun iade edemezdi artık.

Abaven, omzunun üzerinden dönüp arkasına bakıyor. Bordo çatılı iki katlı evleri tepenin aşağısında kalmış, çatı katının tek gözlü penceresi sürekli kendini göstermeye meraklı bir üçgen, Abaven yürüdükçe bir görünüp bir kayboluyor. Birkaç adım kaldı, şu tepeyi de aşınca evi artık gözden kaybolacak. Bir araba sesi duyuyor, eski model bir cip, yokuş aşağı, korkunç bir homurtu ile sallanarak geliyor. Abaven'i gördüler ama o, yine de yolun sağ tarafındaki çimlere geçiyor. Cip, tam yanından geçerken tiz kornasını sonuna kadar çalıyor. Abaven, ellerini kulaklarına götürmek zorunda. Ne kaba insanlar.

Uzun bir süre kimsenin geçmeyeceğini düşünüyor. Evler seyrekleşti. Havanın bulutlu olması doğaya soğuk bir dinginlik yüklüyor, patika yol, yeşilin en koyu halini kucaklıyor, ormana yönelen yolda kurumuş ağaç dalları ve kurumaya yüz tutmuş kırmızı kokinalar, adeta eski bir fotoğrafın en can alıcı detayları. Kahverengi botları ve lacivert ceketiyle Abaven bu kareyle öyle uyumlu ki, eve gitmek yerine hayatının sonuna kadar burada kalsa, kimse neden burada durduğunu sormaz, hatta birkaç gezgin, manzara fotoğrafına öylece duran Abaven'i de dahil eder.

Abaven bir kilise çanıyla irkiliyor. Çok yakından geldi ses. Patikanın sağa kıvrılan yolundan. Görüş açısında ağaçlar var Abaven'in ama ses ağaçların arkasından ısrarla gelmeye devam ediyor. Saat başı oldu herhalde diye düşünüyor, "Evden çıkarken 15.23'tü." Çanın sesine doğru adımlarını hem temkinli hem hızlı bir şekilde sürdürüyor. Bunca yıldır buralarda yürür ama hiç bu kadar ilerlememişti, taşra kilisesinden de haberi yoktu. Şaşırıyor şimdi. Sadece kendisinin duyabileceği bir fısıltıyla söyleniyor. "Bir de buranın her karışını bilmekle övünürsün, al sana bilmediğin bir yer."

Patikanın sağında önce köşeden yükselen haç karşılıyor Abaven'i, sonra da rengini kaybetmiş, rutubetli, çok ama çok eski tek katlı bir kilise. Kilise tarihî eser statüsünde olabilir. Savaş zamanından kalmış gibi bir hali var. Çan, birkaç güçlü vuruştan sonra duruyor, kilisenin tahta kapısı ardına kadar açık, bir öğleden sonra ayini başlamak üzere. Ayin için gelen var mı diye etrafına bakıyor Abaven. Gelen tek bir kişiye bile rastlamıyor. Patikanın bu kısmı tahmin ettiğinden de çok esiyor.

Abaven kiliseye girmek için bir adım atsa da bir şeyler onu engelliyor. "İçeride kim bilir kim var." Kilisenin küçük bahçesinde biraz dolaşıyor, arka tarafında çalılıkların örtüp gizlediği başka bir patika yol var ve yolun sonunda karşılıklı iki küçük ev görünüyor. "Herhalde kilise görevlileri burada yaşıyor," diye düşünüyor. Kiliseden yükselecek bir ayin sesi bekliyor ön bahçeye dönerken. Kiliseden herhangi bir ses gelmiyor. Kafasını ahşap kapıdan içeri uzatıyor, köhne hatta yıkık dökük bir iç mekân karşılıyor onu. İçerisi karanlık, apsis yönünde ince uzun kemerli üç küçük pencere boşluğu göze çarpıyor sadece. Taş bir binanın dış görünümünün soğuk bir izlenim vermesine şaşırmamak gerek, iki patikanın arasında tüm rüzgârı bu kilise göğüslüyor. İçeriden rüzgârın uğultusu güçlü ama tiz bir şarkı mırıldanıyor.

Uzun ve eski sıralar birkaç basamak yükseklikteki kürsüye bakıyor. Kürsü çok kirli, uçuşan tozlar havanın soğukluğu ile kürsünün üzerinde kalın bir tabaka oluşturmuş. Köşedeki bir nişte duran İsa ve Meryem büstü sanki sessizliği daha da artırıyor. İsa'nın gözleri kapalı, Meryem ellerini göğsünde birleştirmiş, ağlamaklı bir ifadeyle bakışlarını göğe çevirmiş. Genç İsa ve genç Meryem'in yan yana durması bir şekilde tuhaf görünüyor o an. Kürsüye çıkan iki basamaktan birinin köşesi içine çökmüş, kilisenin boşlukta duran zeminine küçük bir yol oluşturuyor, bir fare o boşluktan hızlıca kendi evine geçiyor. İçerideki buram buram rutubet kokusu dayanılacak gibi değil. Gelgelelim, içinde çocukluğundan tanıdığı başka kokular da barındırıyor Abaven'in. Derin bir nefes çekiyor, kokunun ona hatırlattığı bir anının peşinde. Bir an için kız kardeşinin yıllardır büyümeyen hayali, bir ağaç evin içinde gülümseyerek ona bakıyor.

Dönüş yoluna geçiyor. Belki başka bir gün bu kiliseyi daha detaylı inceler ve kim bilir bir ayine de katılır –gerçekleşirse tabii– ama şu an buna hazırlıklı değil. Sahi, en son ne zaman kiliseye gitmişti? Dinle alakası, babasının bayağılığı ve annesinin yemek öncesi duaları dışında neydi? Üzerine hiç düşünmüyor Abaven. Gerek yok.

Patika yolun yokuş aşağı hali, içinde beklenmedik bir coşku uyandırıyor Abaven'in. İki yanı kokinalarla renklenmiş koyu yeşil, kıvrıla kıvrıla inen incecik patika, onu eve götürecek. Eve varmaktan çok bu yolu kat etmekten hoşlanıyor aslında, o nedenle de hiç acele etmiyor. Her adımında kıvırcık saçının havalandığını hissediyor, ne ki üşüyen ellerini nereye koyacağını bilemediği için koltuk altına sıkıştırmasıyla huysuz bir insan izlenimi veriyor.

En iyisi kırmızı şarap almalı, akşam yemeği daha çekilebilir böylece. Hem babasının içiyormuş gibi yapmasına gerek olmayan bir içecek. Birçok sorunu ortadan kaldırıyor.

İkinci Gün

Abaven, babasının ölmesini isteyerek uyanıyor. Sabah 07.17'de patikanın sonundaki kilise çanının sesi yavaş yavaş dinerken beliriveriyor bu istek. Çan sesinin buraya kadar gelmesinin verdiği şaşkınlıkla odasının camını sonuna kadar açıyor ve iyice kulak kabartıyor. Evet, duyuluyor işte. Dün karşısına çıkıveren kiliseden geliyor belli ki. Saate bakıp, "Geç mi kaldılar acaba?" diye geçiriyor içinden. Annesinin sabırsızca kapıyı açıp onu kahvaltıya çağırmasıyla büsbütün kesiliyor ses, bir uyku sersemliği haliyle kaybolup gidiyor.

Abaven yüzünü yıkamak için banyoya gittiğinde de babasının ölmesini istemeye devam ediyor. Dün akşam Abaven'in aldığı şarabı yerden yere vurmasının ve annesinin yaptığı pırasalı böreği "fazla yumuşak" bulmasının etkisi büyük bu istekte. Annesi her zamanki gibi sesini çıkarmadı. Abaven'in orta halli bir şaraptan ne beklediği sorusuna da homurdanarak hiçbir şeyden anlamadığı cevabını verdi babası.

Sofraya oturduklarında bir kez daha kilise çanı çalıyor, saat 08:20. Bu düzensiz çanların anlamını soruyor, babası kısa bir yürüyüşe çıktığı için annesi var yanında. Annesi omuzlarını silkiyor, "Bilmem ki," diyor, "patikanın sonunda bir kilise vardı eskiden, pazar günleri de ayin olurdu, sonra papazın başka bir yere atandığını söylediler. Belki o dönmüştür. Ya da çocuklardır, çalıp kaçıyorlardır. Yaramazlar." Bir süre sessizlik oluyor. "Böreğini yesene?" diyor annesi, "Bu sefer çıtır çıtır oldu." Abaven, dümdüz bakıyor annesinin suratına. "Boşansana bu adamdan," diyor birden, "benimle birlikte şehirde yaşayabilirsin. Sana böyle davranmasına neden müsaade ediyorsun ki?" Annesi, böreğin üzerine krem peynir sürmekle meşgul, bakışlarını tabağından ayırmadan konuşuyor. "Sen anlamazsın Abaven. Hem özünde çok iyi adam baban. Sadece huysuz işte. Ben duymuyorum bile artık onu."

Abaven pırasalı böreğe bakıyor. Hakikaten de çıtır çıtır olmuş. Yeni mi pişirdi, diğeri ne oldu? "Attım," diyor annesi, "hiç güzel olmamıştı zaten, haklı adam."

Abaven, tıraş olmak için banyoya giriyor. Verdiği üç kilonun yüzünde yarattığı boşlukla bakıyor aynaya. Yaşıtlarına göre genç duruyor, bu iltifatı sık sık duyar. Koyu saçlarının arasında sırıtan bir tel beyaz gözüne çarpıyor, hızlıca koparıyor beyaz teli, beraberinde üç tel siyah saçı da kopuyor, tel tel yuvalanmış saçlar lavabonun giderinde suya karışıyor. Gözlerinin altındaki çizgiler kendini her geçen yaşında daha çok belli ediyor, annesinin kazayakları dediğini duymuştu bir keresinde bunlara, kazayaklarının yavaş yavaş tüm yüzünde gezineceğini hissediyor. O kadar yaşarsa tabii. O kadar yaşayabilmek için biraz huzura ihtiyaç var.

Yüzünü incelemeyi bırakıyor. Hızlı bir şekilde sakallarının gri izinden kurtulmak ilk ve tek isteği. Banyo dolaplarını karıştırıyor. Paketinden yeni bir jilet çıkarıyor, paketin yoğun lacivert rengi gözlerine vuruyor. Tıraş olmayı annesi öğretmişti Abaven'e, koltukaltı kıllarını almaktan farkı yok demişti, haklıydı da, köpüğü iyice çalkaladıktan sonra sıkması gerektiğini öğütlemişti ama önce yüzünü iyice ıslatmalıydı ki jilet daha rahat hareket edebilsin, Abaven de annesinin dediklerini harfi harfine uygulamıştı.

Tıraş köpüğünü arıyor dolapta. Babasının kesin vardır. Kesin, yine annesinin saç bakım yağlarının arasında alakasız bir yere saklamıştır. Babası her zaman böyle küçük hesapların peşine düşer, hem bu sefer geleceğini önceden haber vermişti Abaven, saklaması için yeterli zamanı da olmuştur. Dolabın birkaç bölümünü elleriyle arıyor. Annesinin manikür setinin yanında dolabın en alt gözünün en arkasında buluyor tıraş köpüğünü. Sallıyor biraz. İçi dolu, paketinin yeniliğinden –çünkü babası her zaman üzerine su ile karışık küçük köpük lekeleri bırakır– yeni bir tıraş köpüğü olduğunu anlıyor. Bu, işini görmesini sağlar.

Yüzünde jileti yavaşça hareket ettiriyor, yanaklarından boynuna doğru. Jilette biriken köpükleri lavabonun kenarına vurarak temizliyor, kalanlarını da suya tutuyor. Bir kapı açılma sesi duyuyor aşağıdan. Babası, tüm sıkılganlığıyla eve giriyor, annesinin yarım ağız "hoş geldin"i etkisini kaybederek ve kapalı kapılardan geçerek Abaven'in mırıldandığı bir şarkı nakaratının yanına kadar ulaşıyor. Bir çırpıda yıkıyor köpükleri. Havluyla kuruladığı yüzünde kesmeyi unuttuğu gri bir alan arıyor, temiz çalışmış. Babasının adımlarına kulak kabartıyor, salonda bir ileri bir geri yürüyor, elinde gazeteden kaynaklandığını düşündüğü bir hışırtı, kendi kendine söyleniyor. Tıraş köpüğünün tamamını klozetin içine boşaltıyor Abaven. Sifonu çektikten sonra, köpüğü bulduğu yere, annesinin manikür setinin yanına, üzerinde hiçbir leke ve ıslaklık olmamasına dikkat ederek yerleştiriyor. Klozetin içinde kabaran köpükler ancak üçüncü sifondan sonra yok oluyor.

Üçüncü Gün

Abaven, odasında uzanmış, penceresinden görebildiği patika yolu izliyor. Kilise çanı bugün hiç çalmadı. Bu durumu çok garipsiyor. Kafasına göre çan çalan bir kilise. Hem komik geliyor bu durum ona hem de aykırı. Dolayısıyla merak uyandırıcı. Sonuçta inançla uzaktan yakından alakası olmayan bir insana, sıkıldığı ve biraz da mecburi bulduğu bu aile ziyaretinde sürekli inancı hatırlatıyor. Öğleden sonra yürüyüşe çıktığında yine oraya gidebileceğini düşünüyor Abaven ve kilisenin bu sefer çalmayan çanıyla birlikte, babası hakkındaki düşünceler bir bir zihnine doluyor.

Patika yolun başında bisikletiyle bir çocuk görüyor. Kırmızı paltosu ve ona hiç uyumlu olmayan pembe kaskıyla bir kız çocuğu tüm gücüyle pedallara basıyor. Yokuş yukarı bisiklet sürmek zordur, Abaven ve kız kardeşi bunu iyi bilir. Hafta sonları patikanın solunda kalan kıvrımlı ve engebeli yolda az bisiklet sürmemişlerdi. Şimdilerde o yol üzerindeki ağaç evde restorasyon çalışmaları yapılıyor. Kız kardeşiyle birlikte anne ve babasının kavgalarına dayanamayıp evden kaçtıkları bir gün fark etmişlerdi bu ağaç evi. Kapısında kilidi yoktu, içeride de birkaç ev eşyası hâlâ duruyordu. Evden kaçmış, yanlarına iki şişe su ve iki sandviç alıp ertesi günün akşamına kadar orada kalmışlardı. Tüm kasaba peşlerine düşmüştü. Annesinin isteri krizi geçirdiği söyleniyordu ama Abaven buna inanmamıştı. Bulunduklarında babasının sakin ve mağrur tavrı öfkelendirmişti Abaven'i. "Ölsek umurunda olmayacak," demişti, kardeşi de aynı fikirdeydi. Abaven'in kız kardeşi bu olaydan iki yaz sonra öldü.

Abaven'in kapısı iki kez çalınıyor. Tak tak. Benim, diyor babası, "Müsait misin?" Abaven, sıkılgan bir şekilde yatakta doğrulup "Tabii," diyor. Babasının ne konuşacağını kestiremiyor, son iki gündür ondan kaçınıyor. Eline hızlıca yatağının köşesinde duran kitabı alıyor, boş boş pencereden dışarıya bakması babasının saçma cümleler kurmasına neden olabilir, kitap okumak iyi bir kamuflaj.

Abaven'in babası elinde kötü paketlenmiş bir hediyeyle içeri giriyor. Yüzünde herhangi bir belirti yok, dümdüz bakıyor Abaven'e. "Bu senin," diyor babası, "yeni yıl için. Belki böylece zamanın ne kadar önemli olduğunu ve iyi değerlendirilmesi gerektiğini daha iyi anlarsın." Hediyeyi yatağın ucuna bırakıp çıkıyor. Abaven hiçbir şey söyleyemedi, babasının bu aceleci hızına yetişmesi zor. Nitekim babası odanın kapısını açık bırakarak koşar adım merdivenlerden iniyor. O inerken evin sallandığını hissediyor Abaven. Ne eski bir ev, diye düşünüyor, her şey eskimiş burada, babası bile. Sarı ve kırmızı renklerin baskın olduğu bir hediye paketi bu. Dokunulduğu anda çıkardığı ses kulak tırmalıyor, paketi eline aldığında ağırlığının daha fazla olacağını düşünmüştü Abaven ama hediyenin hafifliği boş bir kutu olabileceği hissini uyandırıyor. Hediyeyi kolayca çıkarıyor paketinden, siyah bir dijital saat kutunun içinde duruyor, üzerinde "Tüm zamanların en iyisi" yazıyor. O anda kilise çanı çalmaya başlıyor. İnce, uzunca bir ses. Saate bakıyor, 11.43. "Eğer bu dijital saat doğruysa," diye düşünüyor, "bu kilisenin derdi ne böyle?" Bir anda ayaklanıyor. Babası gibi hızla iniyor merdivenlerden. Kitap okuma köşesi merdivenin tam altında, babası şaşkınlıkla kitabından kaldırıyor kafasını, "Ne oluyor Abaven?" diye bağırıyor. Abaven hızlıca babasına bakıyor, elinde hâlâ aynı kitap, incecik, üç gün oluyor geleli, çok sürükleyici olduğunu söyleyip duran biri nasıl bitiremez bir kitabı? Hiçbir şey demeden ceketini giyiyor, lacivert olanı, kapıyı çarpıp dışarı çıkıyor.

Patika yolu hızla çıkmaya başlıyor. Adımlarında öfkeyle karışık bir merak, başını yolun büyüklü küçüklü taşlarından kaldırmadan yürüyor. Babasına karşı duyduğu öfke bir çığ içinde Abaven'in. Ne kadar yerinde tutmaya çalışsa da bazen öyle hızlı yuvarlanıyor ki bu öfke, elinde avucunda ne varsa un ufak ediyor, çocukluğuna çarpıyor, kız kardeşine dokunuyor, ölmüş biri ne kadar öldürülebilirse o kadar öldürüyor onu.

"Hediye almış," diyor kendi kendine, çevrede kimsenin olmamasının güvencesiyle bağırarak tekrarlıyor: "Bana hediye almış! Bir dijital saat. Bir de zamanın kıymetini bilmem gerektiğini öğütlüyor bak şuna." Ayağına takılan bir taşı var gücüyle ileriye fırlatıyor. Taş, yuvarlanıp patikanın diğer ucundan aşağı kayıyor. Nefes nefese şimdi. Bağırmaktan sesinde çirkin bir çatallaşma oluşuyor, öksürerek düzeltmeye çalışıyor sesini. Patika yoldan geriye dönüp bakıyor, evleri neredeyse kaybolmuş, çatı katındaki minik hapishane penceresi bile görünmüyor. Bu kadar hızlı çıktığına şaşırıyor Abaven. "Vay be," diyor öfkesini geride bırakmaya çalışarak "hâlâ formumdayım." Çan sesini duymak için dikkat kesiliyor ama yola çıktığından beri hiçbir şey duymadı. Soğuk havaya rağmen terleyen saç dipleri kıvırcık saçlarının normalden daha sönük görünmesine neden oluyor. Komik bir kafa yapısı var Abaven'in, sol kısmı sağ tarafına göre daha basık duruyor, bu basıklık saçının yağlı ya da ıslak olduğu zamanlarda kendini daha çok belli ediyor, tam da bu sebeple saçlarının ıslanmasından hiç hoşlanmıyor Abaven, elleriyle saç diplerini karıştırıyor ki saçları biraz kabarık görünsün, soğuk bir rüzgâr, terli saç diplerinden geçip tüylerini diken diken ediyor.

Abaven'in adımları şimdi daha sakin. Patika yolun sonunda kilisenin ufak haçını görüyor.

Haçı, ardına kadar açık, uzun tahta kapı izliyor. Kilisenin bahçesinde yine kimse yok. İçeriden ayine benzeyen herhangi bir ses duyulmuyor. Abaven, çan çalana kadar kilisede beklemeye karar veriyor, elbet birileriyle karşılaşacak.

Bir süre bekledikten sonra içeri giriyor. Eski, uzun tahtalardan birine oturuyor, kürsüye çok yakın değil, neme lazım, aniden çıkması gerekir, kapının yakınında duruyor. Lacivert ceketinin önünü sıkıca kapatıyor, kilisenin içinde akıl almaz bir soğuk, saç diplerini bir çırpıda kurutuyor. "Hasta olmayalım da," diye geçiriyor içinden. Aksi takdirde şehre dönmesi ertelenir çünkü. Şu an istediği en son şey bu.

Etrafına bakınarak kollarını kavuşturuyor. Bir kitapta okumuştu, beden dilinde sıkılganlığın göstergesi sayılıyormuş bu hareket, aklına geliyor birden. Karşısındaki heykellere bakıyor şimdi. Gözleri kapalı genç İsa ve ağlamaklı genç Meryem'in önünde ne kadar sıkıldığını bu denli açık yüreklilikle göstermek ona tuhaf gelmiyor değil ama hem sıkılıyor hem de oldukça üşüyor.

İlk kez kiliseye gittiğinde on yaşındaydı Abaven. Kız kardeşi de yanındaydı. Annesinin büyük teyzesinin cenazesi için gitmişlerdi oraya. Herkes simsiyah giyinmişti, Abaven'in kız kardeşi farkını göstermek için saçına kırmızı tüylü bir toka takmıştı, ama annesinden gizli, annesi görse kesin kıyamet kopardı, Abaven kardeşinin elini sıkı sıkı tutmuş, bir cenaze için fazla neşeli göründüklerini düşünmüştü. Çok büyüktü kilise, hayatında gördüğü en büyük yerdi Abaven'in. Tavanda anlam veremediği bir sürü figür sürekli onu takip ediyor gibiydi, ifadesiz bakışları ya birbirine ya da Abaven'e yöneliyordu. "O kadar da büyük değil," demişti kardeşi, "Ben biliyorum, çok daha büyükleri var."

Abaven'in kardeşi öldüğünde dünyanın en küçük kilisesinde olmuştu töreni. Kalp yetmezliği demişti doktorlar. Çok şaşırmıştı Abaven, nasıl bir kalpti ki bu küçücük bir bedene bile yetememişti? Kendi kalbini yokluyordu ara ara, yetiyor mu diye kontrol ediyordu; nefesini tutuyor, bayılana kadar koşuyordu. Ama kalbinin yeterli olduğunu o cenaze töreninde anlamıştı Abaven.

"Buna dayanabiliyorsam," demişti kendi kendine, "kalbimin boyutları yeterlidir."

Kilise çanı çalmaya başlıyor. Oturduğu tahta sıradan hızlıca kalkıp sesin geldiği yöne doğru gidiyor. Kilisenin arka bahçesinde şimdi, çitlerin hemen yanındaki merdiveni fark ediyor, kilise çanının başı orada. Çanın ucunda ip ip sökülmüş tozlu halatı buruşmuş esmer eller sıkıca kavramış, her defasında var gücüyle çekip bırakıyor. Yaşlı bir kadın bu çanı çalan. Kadının üzerinde baklava desenli turuncu bir kazak, kazağın üzerinde tahtadan bir haç sallanıyor, kamburunu gizlemek için çaba harcıyor sanki, saçlarını ensesinin altında kestirmiş, yaşlandıkça uzayan kulaklarını ayan beyan sergiliyor. Bunu da bir kitapta okumuştu Abaven, ölene kadar büyüyen iki organımız varmış; burun ve kulak. Bu iki organ gençken de büyükse vay haline, durmuyormuş hiç. Abaven, kulak ve burnundan razı olduğunu düşünüyor, en az şu yaşlı kadın kadar.

Merhaba, diye sesleniyor Abaven. Yaşlı kadın, ellerini göğsünde birleştirmiş yukarı, ona bakan Abaven'e doğru yavaşça dönüyor. Bir anlık, hani neredeyse içerideki genç Meryem büstüne benziyor. Abaven bir an duraksayıp konuşmaya devam ediyor: "Sizi korkutmak istememiştim, ayin," başıyla kiliseyi işaret ediyor, "ayin var gibi geldi de." Kadının yüzündeki ifade rahatlıyor bir anda, "Burada ayin olmaz ki. Hem benim papaza benzeyen bir halim mi var?" Abaven düşünceyle büzüşen dudağına ellerini götürüyor, "O zaman," diyor, "bu çalınan çanların anlamı nedir? O kadar düzensiz çalıyor ki." Yaşlı kadın, tahta haçı memelerinin arasına sokarken bir kahkaha patlatıyor, "O çanları ben çalıyorum, aklıma geldikçe." Ve merdivenden aşağı iniyor. Ağrıyan dizleriyle Abaven'in yanına geldiğinde başıyla işaret ediyor, "Bak, şu ötedeki ev var ya, soldaki, işte orada oturuyorum, şu yakındakinde de eskiden kilise papazı otururdu." Abaven ısrarla sormaya devam ediyor, "Neden çalıyorsunuz peki?" "Neden olacak?" diyor kadın, gözlerinin içine bakarak, "Burada hâlâ bir kilise olduğunu insanlara hatırlatmak için. Görüyorum ki er ya da geç işe yaramış." Abaven'i baştan aşağı süzmeye devam ediyor. "Oysa dün hiçbir çan sesi gelmedi," diyor Abaven. "Merkeze inmiştim çünkü, aylık alışverişim vardı, tüm gün çanın başında olmamı bekleyemezsin herhalde," diye karşılık veriyor.

Sessizliğin uzamasıyla kısa süren bir gerginlikten sonra, "Pekâlâ," diyor Abaven kararlı bir şekilde, "Kendimi tanıtayım. Ben Abaven." "Ben de Linda," diyor kadın, bir süre mavi gözleriyle ona bakıyor, "Memnun oldum Abaven."

Kilisenin içine doğru yürürken Abaven sormaya devam ediyor, "Papaz neden burada değil?" Linda, gözkapaklarını kırpıştırarak –bir gözkapağı nasıl bu kadar kırışır çok şaşırıyor Abaven– konuşuyor, "İki yıl öncesine kadar buradaydı papaz. Benden biraz daha genç biriydi ama son dönemlerde çok sık rahatsızlanıyordu. Sonra bir gün tedavi için yattığı hastaneden bir daha dönmedi. İki yıl oluyor, bir haber de almadık ondan. Öldü mü iyileşti mi bilmiyoruz. Çoğul konuşuyorum çünkü annem sağdı beş ay öncesine kadar. Tam yüz on iki yaşına kadar yaşadı. Sonra o da gitti." Derin bir nefes alıyor Linda. "Burada tek başıma kaldım." Elleriyle etrafı işaret ederek, "Arada çocuklar kilise bahçesine gelir, seslerini duyarım. Kilisenin ürkütücü hali onlara tuhaf hikâyeler söyletir. Birbirlerini korkuturlar ve çığlık atarak koşarlar. Onlarınki dünyanın en güzel sesi, meleklerin sesidir. Artık eskisi gibi değil," diyor sonra gözleri dolu dolu, "herkes bir yerde, kimselerin geldiği yok." Abaven'i şöyle bir süzüyor Linda, "Burada mı oturuyorsun?" diyor, "Seni buralarda hiç görmedim."

"Burada yaşamıyorum ama ailem burada," diyor Abaven. "Yani eskiden burada yaşardım. Tatil için ailemi ziyarete geldim." Başını aşağı yukarı sallayarak onaylıyor Linda. "İyi bir çocukmuşsun Abaven. Artık hiçbir genç ailesini ziyaret etmiyor."

Abaven, önünü bağladığı ceketini çabucak açıyor çünkü esintiye rağmen ter damlaları boynundan aşağı düşmek için mücadele halinde. Avuç içlerini dizlerinin yardımıyla kaşıyor, sanki binlerce karınca Abaven'in ellerine hücum etmiş. Midesinde hissettiği yumruklar, acıktığından mı yoksa vicdanının kıpırtısından mı bilmiyor, karnından kaburgalarına kadar uzanıyor, uzandığı yerlerde de izler bırakıyor Abaven'e. Bu iyi çocuk da ne şimdi? Aile ziyaretine gelmekle iyi bir çocuk mu olunurmuş? O sadece görevini yerine getirdi. Linda'nın her şeyi bilen tavrından tedirgin oluyor ve derin bir nefes alıyor. "Bu kadar yeter," diyor içinden. "Hem neden buraya geldim ki?"

Birkaç iyi dilek dileyip artık dönmesi gerektiğini söylüyor Abaven. Annesi babası beklemesin şimdi, akşam yemeğine yetişeceğinin sözünü vermiş. Koca bir yalan. O sözü ilk gün vermişti Abaven, bugün evden çıkarken ağzından asla öyle bir şey çıkmadı. Linda sevgiyle onaylıyor Abaven'i, buruşuk elleri Abaven'in kolunu hafifçe sıvazlıyor, kamburu nedeniyle gözlerine bakmakta zorlanarak "Memnun oldum Abaven," diyor, "Gördüğün gibi burada ayin yok ama ne zaman konuşmak istersen gel, ben buradayım."

Dönüş yolunda sulu kara tutuluyor. Kuvvetli ayaza karşın içten içe terlemesi devam ediyor. Kıvırcık saçları ıslanınca düzleşip kafa derisine iyice yapışmış, kafatasının yamukluğunu sergiliyor şimdi. Arada bir kafa derisine vuran sert taneleri hissedebiliyor. Sulu kar en çekilmezidir. Hem karın soğukluğunu hem de su damlalarının şiddetini hissettirir insana. Omuriliğinden aşağı inen soğuk içini ürpertiyor, kafa derisinden içine akan su damlaları ince ince titretiyor Abaven'i. Oysa alışıktır bu havalara, üşümez ama bugün hiç üşümediği kadar çok üşüyor.

Eve döndüğünde mastürbasyon yapmaya karar veriyor, aylar oldu kimseyle sevişmedi, en azından biraz rahatlar.

Üçüncü Günün Gecesi

Abaven, saat 22.34'te çok şiddetli bir ateşe tutuluyor, kemikleri pul pul ayrılıyor etinden, parmaklarını oynattığı anda büyük uçurumlardan düştüğünü hissediyor ve inlemeleri boğazında düğümleniyor. Annesinin onu duyması tek isteği, babası umurunda değil ve biliyor ki babası da aynı duyguyu paylaşıyor. Kapının aralandığını görüyor Abaven. Kız kardeşi, o küçücük haliyle –netice-de hiç büyüyemedi, Abaven başka bir seçenek bilmiyor– elinde tuttuğu sirkeli ıslak bezi koyuyor alnına. "Ah," diyor, "nasıl üşüttün böyle sen?" Şefkatle bakmaya devam ediyor Abaven'e, "Hiç söz dinlemiyorsun değil mi? Ne inatçısındır, hep bildiğini okursun." Sirkenin kokusu Abaven'in burnunun ucunda, kardeşinin küçük parmaklarıyla alnına yerleştirdiği bezin sol tarafı gözünün hemen üzerine kaymış, çapaklarını ıslatıyor, sirkenin yakıcılığı burnundan gözlerine geçiyor, gittikçe bulanıklaşan bir görüntüye sesleniyor ya da o an seslendiğini sanıyor. Abaven, kardeşinin elini tutmak için çaba gösteriyor ama bir dağı yerinden oynatmak istese bu çok daha kolay olurdu, kardeşi Abaven'in yarı açık yarı kapalı gözüne bir görünüp bir kayboluyor.

Üçüncü Günün Gece Yarısı

Abaven, 01.23'te kulaklarını delip geçen bir çan sesi duyuyor. Linda'nın çanı bu, ama neden bu kadar şiddetli? Bir türlü doğrulamadığı yatağında sesin giderek yükseldiğini fark ediyor, nereden geliyor bu ses? Kapısı aralanıyor, Linda, elinde koca bir kilise çanı ile içeri giriyor, yüzünde anlam veremediği bir gülümseme var. Linda'ya neden burada olduğunu sormak istiyor, hem o çanı nasıl kolayca taşıyabiliyor öyle? Linda, Abaven'in yanına yaklaşıyor, çanın sesi tahammül edilemeyecek kadar yüksek, babasının odasına girip yaşlı kadını yaka paça dışarı atmasının an meselesi olduğunu düşünüyor. Linda, beyaz kıllı ellerini Abaven'in alnına koyuyor, ateşi hâlâ çok yüksek, "İyi bir çocuksun Abaven," diyor, gözlerinde sonsuz bir sevgi var Linda'nın. Abaven yapabilse iki eliyle kulaklarını tıkayacak ama yapamıyor. Linda'nın koyu gri gözleri çanının ritmiyle bir olmuş, parlayıp parlayıp sönüyor.

Sabaha Karşı Hâlâ Üçüncü Gün

İnleyerek gözlerini aralıyor, yatağın başında kendini görüyor birden. "Korkma," diyor Abaven, kendine, "yüksek ateş insanı böyle yapar. Sabaha iyi olacaksın." Abaven, yatan kendini uzun uzun izliyor. "Yüzünün babana ne kadar çok benzediğinin farkındasın değil mi? Özellikle de yamuk kafa yapın hatta kıvırcık saçların da. Bir tek burnunu annenden almışsın." Abaven, odanın içinde acelesiz dolaşıyor. Ateşler içinde kıvranan Abaven de annesinin odaya girmesini bekliyor, o girse tüm sorunlar çözülecek.

"En iyisi git kendine düzgün bir hayat kur," diyor Abaven, "Babanın ölmesini istemekle bir yere varamazsın. Bu öfkenin önüne geçemiyorsan da vicdanına kulak ver."

Abaven, yattığı yerden kendine bakıyor. Hakikaten de babasına ne kadar çok benziyor.

Dördüncü Gün

Terden sırılsıklam, saat 11.57'de gözlerini açıyor. Annesi başında. Odanın içinde bir ileri bir geri gidip geliyor, ayaklarının telaşı Abaven'in şiddetle ağrıyan başına fazla geliyor, gözlerini başka bir noktaya çeviriyor. "Çok korktum, çok korktum. O nasıl ateşlenmekti öyle. Çocukluğunda bile böylesini görmedim. Sürekli konuştun Abaven. Hiç duymadığım isimleri sayıkladın. Linda kim mesela, hiç bilmiyorum. Sürekli bir şeyler anlatmak istedin anlatamadın."

Abaven tavana bakıyor, biraz rutubet mi olmuş? Bir sonraki gelişinde elden geçirmeyi düşünüyor çatıyı, yoksa her yere yayılır. Bir keresinde odasının tavanından su girmişti. Yoğun rutubet kokusu gitmek bilmemişti bir türlü. Çabucak biriken damlalar ve tüm odanın, her yerin çürüyeceği hissi. Küçücüktü. Sonunda bir komşusunun yardımıyla çatıyı en azından kışı geçirecek şekilde tamir etmişlerdi. Ancak daha uygun bir mevsimde esaslı bir tamirat gerekiyordu çatı için. Abaven'in babası, bu üç gün süren tadilatı, odanın kapısının önünde ayakta saatlerce bekleyerek izlemişti. Arada su ve puro içiyor, komşu evine gittiğinde o da aşağıya inip kendi dünyasına dönüyordu. Ne bir soru sormuştu ne de yardım etmişti bu süre boyunca. Abaven mahcup olmuş, ne diyeceğini, ne yapacağını bilememişti hiç.

Yatakta doğruluyor hafifçe Abaven. Annesi konuşmaya devam ediyor, sesindeki panikte bir sahtelik. "Sakin ol," diyor annesine, "İyiyim, bir duşa gireyim iyice toparlarım." Çekmeceden havlusunu ve temiz iç çamaşırını alıp banyoya gidiyor.

Taşlar çok soğuk. Bu evin en büyük sorunlarından biri de ısınmaması. Sıcak suyun önce taşları ısıtmasını bekliyor Abaven, daha sonra suyun altına bırakıyor kendini. Çok zor bir gece geçirdi. Hem Linda'nın hem de kuvvetli tepe rüzgârlarının etkisi var ateşlenmesinde. Bugün dinlenecek. Hâlâ kemikleri sızlıyor.

Gittikçe belirginleşen leğen kemiklerine bakıyor şimdi. Son zamanlarda iyice zayıfladı Abaven. Yediklerini artık önemsemiyor. Bazı günler tek öğün yediği bile oluyor, o da bayılmamak için. Bu kadar bitap düşmesinin bir sebebi de düzensiz beslenmesi. Otuz yaşında insan kendine bu kadar hoyrat davranmamalı, diye düşünüyor saçlarını köpürtürken. Şehre döndüğünde daha düzenli bir hayat yaşamaya karar veriyor.

Bir an için mastürbasyon yapmayı düşünüyor. Aklına en son seviştiği kızı getirmeye çalışıyor, çok güzel bir kalçası vardı, memeleri de yaşına göre oldukça diriydi ama en çok öpüşmesini sevmişti, dudaklarını tam Abaven'in dudaklarının içine bırakmıştı kız ve boynundan tutmuştu Abaven'i. İçinden ince bir ılıklık geçiyor. Uzun dalgalı saçlarını hatırlıyor kızın, bu detaya o an hâkim değildi Abaven, şimdi hatırladığı için şaşırıyor, saçlarının arasındaki güçlü parmaklarını düşünüyor, Abaven'in parmakları kızın dalgalı saçlarını kavramış, ellerinin yeşil damarlarını büyük bir özgüvenle sergiliyor o an. Peki kime? Ellerini görmeyen ve o an görse de umursamayacak kadar meşgul olan kıza mı yoksa kendine mi? Mastürbasyon yapmaktan vazgeçiyor Abaven, şu an keyfi yok.

Duştan çabucak çıkıyor. Annesi onun için bekletilmiş bir kahvaltı sofrası hazırlamış. "Çorba yaptım sana," diyor, elinde yanmamak için iki kalın bezle sıkıca tuttuğu çorba tenceresi, "kızarmış ekmekler de hazır, fırında." Abaven, babasının aşağıda olmadığını fark ediyor. "Anne," diyor, mutfağa sesinin gittiğinden emin olduğu bir yükseklikte, "Babam nerede?"

"Sabah erkenden çıktı," diyor annesi. "Saat kaç olmuş, nereye gidiyor bu adam hiç merak etmiyor musun?" Omuzlarını silkiyor. "Umurumda değil Abaven. Nereye giderse gitsin."

Uğultuya rağmen belli belirsiz bir çan sesi duyuyor Abaven. Saat 14.00. Linda bu sefer tutturdu, diye düşünüyor kendi kendine.

Beşinci Gün

Abaven babasını iki gündür görmüyor. Hastalığının verdiği bahaneyle odasından çıkmadı. O da nasılsın diye sormak için gelmedi yanına hiç. Sorun etmiyor Abaven. Babasına olan nefretinde bir azalma yok, "Gebersin, ölsün, umurumda değil," diyor içinden. Kız kardeşi burada olsa, uzun sarı saçlarını sallayarak "Bu kadar kötü olma," derdi Abaven'e ama içten içe de öfkesine hak verirdi.

Bugün çok daha iyi. Ateşi o geceden sonra bir daha hiç çıkmadı. Kısa bir yürüyüş yapmak fena bir fikir gibi görünmüyor. Beyaz kazağının üzerine bugün daha spor bir ceket giyecek, spor ayakkabılarını da yanında getirdiği için şanslı sayıyor kendini çünkü şehre dönmeden önce en iyisi doya doya güneşli ama soğuk havanın tadını çıkarmak. Merdivenlerden sakince iniyor. Babası yine aynı köşeye oturmuş, aynı kitabı okuyor. Bir kahkaha atıyor Abaven. "Hâlâ aynı kitabı mı okuyorsun? Hani çok sürükleyiciydi?" Babası beklemediği bu soru karşısında afallıyor, onun öfkeli bakışları Abaven'in önce beyaz kazağına sonra açık mor şişme montuna çarpıyor. "Otuz yaşında daha üniversiteyi bitirememiş biri için iddialı sözler," diyor babası. Annesi, olası bir gerginlik sezip mutfaktan çıkageliyor, ellerinde az önce yoğurduğu kekin hamuru, üzümlü çikolatalı olduğunu anlıyor Abaven, en sevdiği, gözlerini Abaven'e dikmiş "babana sakın karşılık verme" bakışını atıyor.

Abaven, parmakları arasında tuttuğu beyaz spor ayakkabılarını kapının önünde giyiyor. Babasının ne görüntüsüne ne de sesine tahammülü var. Annesi için de daha fazla üzülemez artık, onu kaç kere ikna etmeye çalıştı ama boşuna. Bir şekilde kabullenmiş, hayatından memnun. Patika yolu çıkmaya başladığında kilise çanı çalıyor. Gerçekten de bir saate ihtiyacı olduğunu bir kez daha anlıyor Abaven, Linda saat başını tutturabildi mi acaba? "Şu herif yok mu?!" diyor, iki dudağının ucunda sivrilmiş bir küfür, ağzından çıkmak konusunda oldukça kararsız, "Hediyesi bile rahatsız edici. Siktirsin."

Linda'yı kilisenin yakınlarında yakalamak için adımlarını hızlandırıyor. Güneşli ama soğuk bir günün etkisiyle yol haddinden parlak görünüyor gözüne. Yeşilin koyu tonu kendini daha açık tonlara bırakmış, birkaç gün öncesinde yağan sulu karın herhangi bir izi yok, kokinalar bulutlu bir güne göre daha az belli ediyor kendini.

Patika yolun köşesinden dönerken ağaç evden gelen gürültüleri duyuyor birden. Çan sesi, ağaç evin restorasyon sesine karışıyor, evin önünde üç kişilik bir aile. Bu aileyi tanıyor Abaven, kadının adı Rose, aynı ilkokula gitmişlerdi, evleri birbirine çok yakındı, ağaç evin sağlamlığı üzerine konuşuyor. Rose, küçük kızını heyecanla kucağına alıp öpüyor, küçük kız annesinin sulu öpücüklerinden rahatsız, yanaklarını montunun koluna siliyor, ama gülüyor bir yandan da, annesi pek âlem bir kadın, Rose'un eşi ayağının ucuna dokunan taşla oynuyor, çevresiyle ilgisi yok denecek kadar az.

Linda bir kez daha çalıyor çanı, Abaven Rose'a bakıyor hemen, Rose çan sesine hiç oralı olmuyor. Eşiyse birkaç saniyeliğine başını kaldırıp sesin geldiği yöne bakıyor, o anda küçük kız babasının dizine sarılıp onu omuzlarına almasını istiyor. Babası, heyecansız ama gülümseyen bir yüzle sırtına alıyor kızını ve ağaç evin tadilatı üzerine konuşmaya devam ediyorlar.

Kilisenin bahçesinde şimdi Abaven. Koşar adım arka tarafa geçiyor. Linda'yı evine dönüş yolunun yarısında yakalıyor. Güneş en tepede, Linda bugün fıstık yeşili bir hırka giymiş, ellerinde az önce patika yoldan topladığı kokinalar, dikenlerinin batmaması için özenle tutuyor onları, boynuna doladığı açık mavi şalla ara ara gelen serin esintilerden kendini koruyor. "Hey Linda," diye sesleniyor Abaven. Linda güneşten rahatsız gözlerini kısarak dönüyor Abaven'e. Bir anda yüzüne bir mutluluk doluyor, "Oh, hoş geldin Abaven, bir daha gelmezsin sanmıştım. Gel gel, evimde sıcak bir çay içelim. Kilise her zamanki gibi soğuk." Planlanmamış bu davet bir an için Abaven'i geriyor ama yarın şehre döneceği düşüncesiyle rahatlayıp kabul ediyor. Hem ne olacak?

Linda'nın evi de kendi gibi küçük. Kapı girişi, koltuk takımı, çay fincanı, hepsi Linda için özel olarak tasarlanmış sanki. O kadar da iri yapılı olmamasına rağmen kapıdan geçerken başını biraz eğmek zorunda kaldı, koltuğun köşesine doğru otursa da bütün bir yeri kaplamış görünüyor uzaktan. Bu çay fincanını nasıl tutacak şimdi, hayret. Linda durumu anlayıp bir kahkaha atıyor. "Normal insanlar için de çay takımım var korkma." Kamburunu işaret edip konuşmaya devam ediyor, "Annemde de aynı rahatsızlıktan vardı, kifoz diyorlarmış, bana kalırsa dümdüz kamburluk işte. Yaş ilerledikçe daha da artıyor o ayrı." Abaven, Linda'nın bakışlarını yakalayabilmek için başını biraz eğerek konuşuyor, "Her gün o koca çanı çalıyorsun ama bravo." Linda, duvarında asılı eski aile fotoğraflarına bakıp iç geçiriyor. "Annem," diyor, "daha yaşasaydı bu çan işi de çıkmazdı ya neyse. İnsan tek başına olunca ne yapsın, bir uğraş arıyor, bana da kutsal bir görev düştü, mutluyum."

Linda çay koymaya mutfağa gittiğinde Abaven ona "Yardım ister misin?" diye soruyor ama Linda'nın yanıtı belli, evine misafir gelen biri hiçbir işe el süremez, bu, onun en katı kuralı. Alakasız desenlerle kaplanmış, bu ev için büyük olduğunu düşündüğü kaşmir bir halı üzerinde yürüyor Abaven. Duvarlardaki aile fotoğrafları, televizyon ünitesinin üzerindeki küçüklüğü şaşırtmayan biblolar, kapı girişlerine serili ince hasır örtülerle tam bir cümbüş bu ev. Abaven'in gözü, duvardaki aile fotoğraflarının yanında asılı, çarmıha gerilmiş İsa heykeline takılıyor, İsa, avuç içlerinden ve ayaklarından bir tahtaya çivilenmiş, uzun saçının önüne gelmesini engelleyen, o an zeytin dallarına benzeyen tacı ve herhangi bir acı izi görülmeyen yüzüyle gerçekten de çok güzel. Onun hemen yanındaki siyah beyaz eski bir fotoğrafta Linda daha çocuk, kocaman gülümsemiş kameraya. Kamburluğu çocukluğunun arkasına sinsice saklanmış, zamanla büyüyeceğini hissettiriyor.

Linda, elindeki her boydan insana uygun çay fincanlarıyla salonda şimdi. Abaven'i ayakta fotoğraflara bakarken görünce anlatmaya başlıyor. "Hiç evlenmedim. Evlenmek için biraz dolanmak, kendini göstermek gerek. O bende hiç yok. Doğduğumdan beri bu tenha tepede yaşıyorum, karşıma kim çıkabilir zaten? Çok da önemli değil. Ama bir çocuğum olsaydı aynı senin gibi olmasını isterdim Abaven. Sen iyi bir çocuksun."

Abaven, duvardaki fotoğraflara bakıyormuş gibi yapmaya devam ediyor. Başından ayakucuna kadar ince bir titreme, Linda'dan gizlemeye çalışıyor, gözlerinin o kadar iyi gördüğünden emin değil Abaven, küçücük gülümsüyor, "O kadar da emin olma derim." Linda eliyle havayı tokatlıyor, "Hadi canım, ben anlarım," diyor, bir elinde minyatür çay fincanı, ikiye böldüğü portakallı kurabiyeyi çayın içine batırıyor. "Sözgelimi," diyor Abaven, tereddütlü bir ses tonuyla, bir daha görmeyeceği bir yaşlıya kusurlarından hatta günahlarından bahsetse ne olacak, "arada yalan söylüyorum, ayrıca otuz yaşıma gelmeme rağmen hâlâ üniversiteden mezun olamadım ve ne zaman buraya dönsem, babam... babam ölsün istiyorum."

Linda omuzlarını silkiyor, "Bunları herkes yapıyor Abaven, kendi üzerine bu kadar gitmemelisin." Muzip bir bakış atıyor, "Ebeveynlerle anlaşmamayı en iyi ben bilirim, yüz on iki yaşına kadar yaşamış bir anneye sahibim sonuçta." Abaven, bu lafı hiç bu kadar komik bulacağını düşünmezdi ama dişlerini göstererek kocaman gülümsüyor. Gerçekten komik bir kadın bu. "Hem," diyor Linda, "günah insana özgüdür, sırf özgür olduğumuz için günah işleriz. Yoksa hayvandan ne farkımız kalır? Kitabı Mukaddes'te boşuna yazmamışlar bunları. Okudun mu bilmiyorum ama." Linda kurabiyesinin çayın içinde yumuşayan kısmından büyük bir ısırık alıyor, lokmasını yutarken çıkardığı ses tüm odada yankılanıyor ama sorun etmiyor bunu, Abaven'in herhangi bir yanıt vermesini beklemeden devam ediyor.

"Ben iyiliklerin değil, günahların ayırt edici olduğuna inanırım. Günahların ve bu günahlardan duyulan pişmanlıkların. Herkes günah işler ama günahlardan pişmanlık duyabilmek iyi insanların işidir. Ama kusurlu bir pişmanlıktan bahsetmiyorum, bahsettiğim mükemmel bir pişmanlık. Eğer öldüyse ruhu şad olsun, son papaz bu konuda harika vaazlar verirdi, daha büyük kitlelere konuşması gerektiğini düşünürdüm hep. Ama gerçek bir Hıristiyan için bu neden önemli olsun ki ama değil mi?"

Abaven, biraz şaşkın, mükemmel bir pişmanlığın nasıl olduğunu soruyor. "Nasıl mı olur?" diyor Linda, dudaklarının kenarında portakallı kurabiye parçası, diliyle kapıveriyor onu, "Mükemmel pişmanlıkta işlenen günah için hiçbir bahane bulamazsın, derin bir kederle yiyip bitirirsin kendini. Tek suçlu senmişsin gibi hissedersin ama kusurlu pişmanlık öyle değildir. Günah işlediğin kişinin bunu hak ettiğini düşünürsün içten içe. Ne kadar yanlış olduğunu bilsen de bu duyguların sebepsiz olmadığına kendini ikna edersin."

Gülümsemesine engel olamıyor Abaven, "Desene pişmanlıklarım bile kusurlu." Linda da Abaven'le birlikte gülüyor. "İnsan olmak tam olarak böyle bir şey."

Abaven, insan olduğunu bir mutfak lavabosuyla anlamıştı. Çocukluğunu geçirdiği eve kocaman bir insan olarak döndüğünde fark ettiği şeyler çok garip gelmişti ona. Mesela mutfak lavabosu. Küçülmüş gibiydi. Gördüğü onca lavabodan sonra fark etmişti küçüklüğünü. Derinliğini ölçüyordu, bir karış, bilemedin iki. Yok, hayatta sığmaz, Abaven'in bulaşıklarına daha büyükleri gerek. Nasıl sığabilmişti bugüne kadar bu bulaşıklar? Dahası sonra da sığmaya devam etmişti? Her şeyin değiştiğini bir mutfak lavabosuyla anlayabilir insan. İnsan, tam olarak böyledir.

Abaven, çayının içine bir şeker atıp karıştırıyor, oysa şeker kullanmaz. "Normalde," diyor, "çayımı, kahvemi hep şekersiz içerim ama sanırım bugün biraz şekerim düşük."

"Gençken ben de şekerli içerdim çayımı. Yaşın ilerledikçe böyle küçük kaçamaklar bile riskli oluyor," diyor Linda. Üçüncü portakallı kurabiyesini yerken söylediği bu sözler biraz çelişkili dursa da umursamıyor Abaven.

"Kardeşin var mı?" diyor Linda bir anda. Abaven için bu soru kafa karıştırıcı ve beklenmedik. Çünkü kardeşi var dese, bu bir yalan, şu an bir kardeşle paylaşmıyor hayatını, kardeşinin olmadığını da söyleyemiyor, kafasının içinde on yaşındaki haliyle dolaşan minik bir kız çocuğu var sürekli. Yetişkinlere uygun çay bardağını yavaşça masaya bırakıyor Abaven, elleri dizlerinin üzerinde, avuç içleriyle diz kapaklarını sıkıca kavrıyor, "Bir kız kardeşim vardı," diyor, "on yaşındayken öldü. Kalp yetmezliği."

Linda minik ellerini şaşkınlıkla dudaklarına götürüyor, "Ah," diyor, "çok üzüldüm. Bu yersiz sorum için de çok özür dilerim. İnsanın yüz on iki yaşında ölen bir annesi olunca ölümün hiç gerçekleşmeyeceğini düşünüyor." Hafif bir gülümsemeyle devam ediyor Linda, "Her şeyi de anneme bağlamam ne tuhaf değil mi?" Abaven, ona hak veriyor.

"Peki ya baban, o hâlâ hayatta mı?" diye karşılık veriyor Abaven. "Bilmem ki," diyor Linda, "Ben beş yaşındayken bizi terk etti. Sadece annemle ikimiz kaldık. Bir de evimizin karşısındaki kilisede yaşayan papazlar."

Aralarına uzun bir sessizlik çöküyor. Linda, kapalı perdelerine çeviriyor bakışlarını. Yarım bırakılmış dördüncü kurabiyesi dizlerindeki iki katı açılmış peçetenin üzerinde, çayı, hafif pembe rujunun iziyle masada bekliyor, içinde süzülen kurabiye taneleri bir yarış halinde yukarı aşağı inip çıkıyor. Perdeleri açık olsa manzarayı izlediğini varsayabilirdi Abaven ama pencerelerin küçüklüğüne fazla gelen, hem köşelerde hem de yerde birikmiş bu krem renkli, işlemeli perdelere bu kadar uzun süre bakmasına bir anlam veremiyor Linda'nın.

Babasının onu terk etmesini bir şans olarak gördüğünü sesli bir şekilde dile getiremese de içinden geçiriyor, böyle bir şansı olsa birinin ara ara ölmesini isteyecek kadar sevmemek yerine, arkasından yıllarca üzülmeyi seçerdi Abaven. Buna katlanmak daha kolay.

Abaven, oradan ayrılırken bir dahaki gelişinde yanına uğrayacağının sözünü veriyor ama Linda bu sözleri duymak istemiyor. Herhangi bir beklentisi yok ikisinin de. Tüm olasılıklara rağmen Abaven, Linda'nın ev adresini not alıyor, belki birbirlerine kart gönderirler, Abaven bundan büyük bir mutluluk duyar. Linda, Abaven'i kapıya kadar geçiriyor, kiliseye çıkana kadar da el sallıyor arkasından.

Abaven, kiliseden aşağı inen patika yolda şimdi. Bu yoldan Linda'nın evi görünmüyor ama görünse evin ne kadar küçük olduğunu söyleyecek, tekrar, yakındaki hali ile uzaktaki halinin neredeyse hiçbir farkı yok. Linda'ya kesinlikle bir kart atacak, ona şehir hayatından, belki de yıllardır aradığı aşkı şehirde bulabileceğinden bahsedecek. Linda muhtemelen çok gülecek bu fikre ama bir yanı haklı bulacak. "Kim bilir," diyecek, "bakarsın bir gün şehre taşınırım."

Patika yolun aşağısında ufak bir kalabalık görünüyor. Abaven, içlerinden birilerini tanıma ihtimaline karşın hemen sol tarafına geçiyor patikanın. Yüzünü uzayıp giden manzaraya dönüyor ki tanıdık birileri varsa onlarla yüz yüze gelmesin. Hiç kimseyle konuşmadan kalabalığı geçiyor. İçi rahat şimdi hatta omuzları da, elleri montunun cebinde, bu montun cebinin yalancı olmaması mutlu ediyor Abaven'i, patika yolu özleyebileceğini düşünüyor.

Altıncı Gün

Tren saatini kaçırmamak için erkenden uyanıyor. Gün içinde şehre giden tek sefer var. Annesi Abaven'in valizine bir sürü yiyecek doldurmuş, eve gittiğinde hepsini dolaba yerleştirmesini söylüyor. "Bak, unutma sakın," diyor, "ilk iş bunları dolaba yerleştireceksin yoksa hepsi çöpe gider, ziyan olmasın." Abaven başıyla usulca onaylıyor. Merdivenlerden indiğinde babasını yine aynı köşede görüyor, bu sefer elindeki kitap farklı, bu değişimin dünkü diyalogdan kaynaklandığını biliyor Abaven, babası o kitabı bitirmedi ve muhtemelen önümüzdeki on yıl da bitirmeyecek. Başını kitabından kaldırmadan "İyi yolculuklar," diyor babası. Abaven eliyle teşekkür ediyor, ama o, herhangi bir karşılık beklemediğinden bu el hareketini görmüyor.

Annesinin yanağına ufak bir öpücük bırakıyor Abaven. Bunu normalde hiç yapmaz. Annesinin şaşkınlıktan al al olmuş yanakları, Abaven'in otobüse binmek için beklediği duraktan bile kendini belli ediyor, kocaman bir gülümsemesi var annesinin ve eli Abaven otobüse binene kadar havada bir o yana bir bu yana sallanıyor.

Otobüse bindiğinde tepedeki sürgülü camı hafifçe aralıyor. İçeriye hava doluyor, soğuk, tertemiz. Evlerinin iki küçük katı, güneşin puslu ışıklarıyla aydınlanıyor, önündeki araba ise haftalardır çalıştırılmayı bekliyor, üzerinde biriken sulu kar ve yağmurlarla çamurlaşan tozlar, güneş ışığıyla daha belirgin. Annesinin küçük gölgesi, evin kapısından giriyor, kapı ardına kadar sıkıca kapatılıyor. Abaven öylesine okumaya başladığı kitabını alıyor eline, ayraç olarak kardeşiyle eski bir fotoğrafını kullanıyor, bundan kimsenin haberi yok, zaten kimse Abaven'in okuduklarıyla ilgilenmez. Daha uygun bir kader mümkün olsa, Abaven bunu hiç düşünmeden kız kardeşi için isterdi, çünkü biliyor ki onun daha uygun kaderi herkesin hayatını değiştirecek. Abaven daha mutlu olacak, kız kardeşi, aralarında çok fazla yaş farkı yok, onunla birlikte büyüyecek, muhtemelen üniversiteyi artık bitirmesi gerektiğini söyleyecek ona ve Abaven de bitirecek okulunu, hatta çalışmaya bile başlayacak, babalarını kafaya çok takmaması gerektiğini de ekleyecek kız kardeşi, bak ona hiç umurunda mı, hayatını yaşıyor, Abaven de öyle yapacak. Ama bunların ancak bambaşka bir kaderde mümkün olacağını biliyor Abaven. Şimdiyse tek yapabildiği, her şeye rağmen mutlu görünen annesinin ve sadece fotoğraflarda yaşayan kız kardeşinin olası başka bir hayatta nasıl görüneceklerini hayal etmek. Abaven'in elinden sadece bu geliyor.

Otobüs büyük bir tıslama ile hareket ediyor, sokağın başına bıraktığı egzoz dumanı bir an için yoğun bir beyazlığa gömüyor mahalleyi. Abaven yollardaki büyüklü küçüklü taşlar yüzünden sallanan otobüsün içinde okuduğu kitabın tek bir satırını dahi anlamıyor, kafasını kitaptan kaldırıp uzayan yolu izlemeye başlıyor. Kokinalar bu yolda çok daha az, yeşilin tonları ile evlerin rutubetlenmiş renkleri birbirine karışıyor, bir çocuk kaçan topunu yakalamak için otobüsün önüne atıyor kendini, annesi hemen arkasında, hızlıca ensesinden tutup azarlamaya başlıyor onu. Yolun başında turuncu valizi ile bir kadın, otobüsü durdurmak için elini sallıyor, otobüs, büyük bir gürültüyle duruyor. Açılan sürgülü kapı soğuk havayı kucaklıyor içeride ve açılan kapıyla bir, belli belirsiz çan sesleri işitiyor Abaven. Sesin geldiği yöne çeviriyor başını, saat 13.42.

Linda'nın ona iyi yolculuklar dilediğini düşünüyor. Saat 13.42 de olsa, "Mükemmel zamanlama," diye geçiriyor içinden. "Gerçekten mükemmel zamanlama."

Yol, iki çatala ayrılıyor ileride. Yokuş aşağı, incecik. Abaven, buharlaşan otobüs camını ceketinin kenarıyla siliyor ve yol, ağaçlarla birlikte tren garına doğru hızla uzanıyor.